Louise M. Moran

Darrel & Lou
Mit der Gitarre nach Kensington
Band 1

AF216299

Louise M. Moran

Darrel & Lou

Mit der Gitarre nach Kensington

Band 1

Bibliografische Information der Deutschen
Nationalbibliothek:
Die Deutsche Nationalbibliothek verzeichnet diese
Publikation in der Deutschen Nationalbibliografie;
detaillierte bibliografische Daten sind im Internet über
http://dnb.dnb.de abrufbar.

ISBN 978-3-7460-8860-0

Inhalt

1. Begegnungen in Soho

Für dich!« Julia hielt mir mit einem strahlenden Lächeln einen Becher Tee unter die Nase. Fast hätte ich danach gegriffen. Gerade noch rechtzeitig fiel mir ein, dass er sicher viel zu heiß zum Anfassen war.

Ich bat sie, ihn auf den Küchentisch zu stellen, bedankte mich artig und setzte mich notgedrungen zu ihr. Wenn Julia anderen einen Gefallen tat, wollte sie etwas. Mit gemischten Gefühlen schielte ich verstohlen zu ihr hinüber.

Bitte, bitte, sag nicht, dass ich mir eine Wohnung suchen soll, flehte ich in Gedanken. In London war das ein schier aussichtsloses Unterfangen. Meine deutsche Staatsangehörigkeit machte die Suche alles andere als einfacher.

Ich wollte ja ausziehen, weil die winzige Zweizimmerwohnung tatsächlich auf Dauer zu eng für zwei so völlig verschiedene Wesen wie Julia und mich war.

Doch selbst bei meinem Gehalt als Softwareentwicklerin stellte ich mich darauf ein, noch eine ganze Weile ein Dasein als Untermieterin führen zu müssen. Ich hatte in London bei null angefangen und wollte mich nicht leichtfertig in Schulden stürzen.

Ein größeres Zimmer wäre jedoch schön. Und ein Wohnzimmer, das man mitbenutzen konnte. Auf den jetzigen geschätzt zwölf Quadratmetern hatte ich mich inzwischen ordentlich festgewühlt.

Aber nach einer harten Arbeitswoche fehlte mir meist die Lust, mich zu Wohnungsbesichtigungen anzustellen, nur um am Ende doch wieder leer auszugehen. Einen Makler konnte ich mir nicht leisten. Eine von Maklern vermittelte Wohnung wohl erst recht nicht.

Julia blätterte in einer Zeitschrift und schwieg. Nervös blickte ich abwechselnd auf die Uhr und auf die ausgefranste Spitze ihres glänzenden Morgenmantels.

Eigentlich war ich schon fix und fertig und wollte zur Bushaltestelle. Aber wenn einem die seltene Ehre einer von einer Schwarzteetrinkerin eigens mit viel zu heißem Wasser aufgebrühten, viel zu starken und viel zu lange ziehen gelassenen Tasse Grüntee zuteilwurde, gebot es sicherlich die Höflichkeit, ihn auch zu trinken. Ich pustete auf das säuerlich riechende Gebräu, wohl wissend, dass das nichts brachte.

»Hast du heute Abend schon was vor?«, fragte sie unvermittelt.

Darauf war ich nicht vorbereitet. Was sollte das? Wollte sie mir mal wieder unter die Nase reiben, dass sie einen wahnsinnig tollen Freund hatte und ich keinen? Oder wollte er womöglich hier einziehen? Hilfe!

»Wir bekommen den Schlüssel für die Waschküche. Ich werde mich also nach der Arbeit um meine Wäsche kümmern«, antwortete ich das Nächstbeste, das mir einfiel.

Ein irritierter Blick von ihr ließ Panik in mir aufsteigen.

»Soll ich deine Sachen mit reinstecken?«, bot ich an, um sie milde zu stimmen. Dabei war mir klar, dass sie das nicht vom Rauswurf abhalten würde. Verdammt!

»Du bist langweilig.«

»Stimmt!« Ich nahm geistesabwesend einen Schluck aus der Tasse, verbrühte mir die Zunge und versuchte tapfer, mir nichts anmerken zu lassen.

»Wir könnten was trinken gehen.«

Ich hatte mich wohl verhört. Sie und ich etwas trinken? Ich wohnte seit einem halben Jahr bei ihr, und wir waren noch nie zusammen ausgegangen.

Kurz nach meinem Einzug hatte ich sie auf einen Drink einladen wollen, um einander besser kennenzulernen, aber sie hatte es so lange verschoben, bis ich es nicht mehr zu erwähnen gewagt hatte.

War ihr Vorschlag ein gutes oder ein schlechtes Zeichen? Wollte sie mich nun endlich kennenlernen, oder wollte sie kurz vor Schluss den letzten ausstehenden Punkt abhaken?

»Ich trinke nicht«, antwortete ich mechanisch.

»Das sehe ich!« Sie blickte auf meinen Becher und lachte. »Ich will mit dir kein Besäufnis veranstalten, sondern nur mal an einem ganz normalen Freitagabend etwas trinken gehen. Okay? Bestell meinetwegen eine Cola.«

»Ja, gern!«

»Ruf mich an, wenn du Feierabend hast!« Sie schenkte mir wieder ihr strahlendes Lächeln, an dem die Augen wie immer nicht beteiligt waren, schnappte sich meinen Becher, ging zum Schrank, goss den Inhalt in meinen Thermobecher für unterwegs und überreichte ihn mir mit einer lässigen Handbewegung. Die Audienz war beendet.

**

Socks schnippte mit einer eleganten Handbewegung die Asche auf den Bürgersteig. Es störte ihn nicht im geringsten, dass Darrel und James Nichtraucher waren und trotzdem draußen an den winzigen Stehtischen unter dem Vordach herumlungern mussten, damit Dylan und er ihrer Sucht frönen konnten.

Die beiden schien es auch nicht zu stören. Es war für Anfang August abends sehr kühl, und man wärmte sich von innen. Darrel hatte schon ordentlich einen im Tee und zappelte wild herum.

»Wenn er jetzt noch anfängt, Luftgitarre zu spielen, müssen wir aufpassen, dass er nicht unter ein Auto kommt«, raunte James seinen Freunden zu.

»Das macht nur sanft plopp-plopp. Der Fahrer hält ihn im Rückspiegel für einen umgefallenen Müllsack und fährt weiter.« Socks nahm grinsend einen großen Schluck.

»Zum Glück ist er oben beleuchtet«, spielte Dylan auf Darrels rotblonde Locken an. »Bei seinen dunklen Klamotten müssten wir ihm sonst Reflektoren auf die Stirn tackern.«

»Ich kann euch hören!« Darrel lächelte gutmütig.

»Sehr gut! Ein gutes Gehör ist eine Grundvoraussetzung für einen erfolgreichen Banjospieler.«

»Ich will das verdammte Teil gar nicht spielen. Aber mich hat ja keiner gefragt.« Darrel hielt verdutzt inne und starrte ins Leere.

James griff schon nach ihm, um ihn zu packen und von der Straße wegzuziehen, aber Darrel wich aus und steuerte ein nur ihm bekanntes Ziel an.

»Was ist jetzt los?« Socks hatte sich gerade eine frische Zigarette angezündet und gab Dylan Feuer.

»Keine Ahnung!« James linste an den sich vor dem Pub zusammengedrängten Rauchern vorbei und sah weiter hinten die Locken in der Abendsonne leuchten. »Er quatscht zwei Frauen an.«

»Echt jetzt? Darrel?«

»Ja.«

»Glaub ich nicht.«

»Wenn ich's dir sage.«

»Und?«

»Na, du hörst es doch: Sie lachen lauthals.«

»Armer Kerl!« So gern er Darrel aufzog, empfand Socks echtes Mitgefühl. Als Mann eins siebzig groß zu sein, war sicherlich kein Spaß. Freunde zwischen eins achtzig und eins fünfundneunzig zu haben, machte die Sache nicht besser.

Die beiden jungen Frauen kamen an ihnen vorbei und betraten den Pub. Die eine hatte nicht nur die Größe, sondern auch das Aussehen eines Fotomodells. Die andere war die typische Durchschnittsfrau, die das Klischee erfüllte, dass jede schöne Frau eine kleine, graue Maus im Schlepptau hat, die durch den Kontrast die Schönheit unterstreicht.

Darrel schlenderte mit hängenden Schultern und mehreren Metern Abstand hinterher.

»Was war das?« James' Miene zeigte echtes Mitgefühl.

»Sie meint, ich sei entweder betrunken wie ein Seemann oder kurzsichtig oder beides«, antwortete Darrel leise.

»Warum?«

»Ich habe ihr nur gesagt, dass sie wunderschön ist.«

Socks, Dylan und James sahen einander ratlos an. Wie erklärte man dem armen Kerl, dass die Lady eine Nummer zu groß für ihn war? Wortwörtlich.

»Fishing for compliments!« Socks klopfte Darrel auf die Schulter. »Das doofe Stück hätte sich ja auch einfach bedanken können, statt so pseudobescheiden zu tun. Ich kenne keine gutaussehende Frau, die nicht weiß, dass sie gut aussieht. Also was soll der dumme Spruch?«

»Vielleicht war ihr das zu direkt und ihr fiel nichts Besseres ein auf die Schnelle«, gab Dylan zu bedenken. »Klar hören Frauen gern Komplimente, aber ein bisschen holterdiepolter war das doch.«

Darrel schwieg und blickte zu Boden.

»Das nächste Mal stellst du dich vor und fragst sie, ob du ihr einen Drink ausgeben darfst.« James hätte bei seinem großväterlichen Rat fast serös gewirkt, wenn er dabei nicht ganz leicht gelallt hätte. »Meine Runde. Was wollt ihr trinken? Bier?«

»Es gibt kein nächstes Mal«, sagte Darrel leise. »Und für mich bitte einen Orangensaft.«

»Weise Entscheidung!«, meinte Socks. »Wartet kurz! Wenn ich die zu Ende geraucht habe, könnten wir eigentlich mal schauen, ob wir drinnen noch einen Tisch bekommen. Ich friere mir hier langsam den Hintern ab.«

»Du willst jetzt aber nicht die große Doofe anquatschen?«, raunte ihm James zu. »Dann klemme ich mir nämlich Darrel unter den Arm und bringe ihn nach Hause. Der hat von allem mehr als genug.«

»Ich will sie nur an unseren Tisch lotsen. Wenn er ihr Kunstlächeln und Gezicke aus nächster Nähe erlebt, ist er nach fünf Minuten kuriert«, flüsterte Socks zurück.

»Wenn er vorher nicht aus Versehen unter den Tisch rutscht und sie sich belästigt fühlt.«

»Pack ihn eben rechtzeitig am Kragen und zieh ihn hoch.« Socks drückte seine Zigarette aus. »Alles klar, Guys, wir gehen da jetzt rein!« Mit der Geste eines Feldherrn wies er seinen Freunden den Weg und passte als Letzter in der Reihe auf, dass Darrel nicht auf die Straße stolperte.

Während James die Getränke bestellte, suchten Dylan und Darrel einen Tisch.

Socks sah sich nach den zwei Frauen um und fand sie – bei den Nerds. Das ging ja mal gar nicht! Er, der Oberclown der Clowns und gleichzeitig die Coolness in Person, konnte nicht zulassen, dass diese Blondine einen seiner besten Freunde abblitzen ließ, um sich in aller Ruhe mit den Streifenhemdträgern zu unterhalten, die hier gelegentlich den Arbeitstag in Bier ertränkten.

Bei genauerer Betrachtung schien sie sich aber zu langweilen. Das Gespräch fand in erster Linie zwischen ihrer Begleiterin und den Typen statt. Das war seine Chance!

Mit wenigen Schritten war er an dem Tisch, den seine Freunde gerade okkupiert hatten, und beugte sich zu Darrel hinunter. »Was bekomme ich, wenn ich die Lady herhole und neben dir platziere?«

Nach kurzen Verhandlungen schlenderte er lässig zu ihr hin und lächelte sie leicht schräg an, was sein Gesicht noch attraktiver wirken ließ, wie er in jungen Jahren vor dem Spiegel herausgefunden hatte. »Hi, ich bin Sam. Aber alle nennen mich Socks. An unserem Tisch fehlt definitiv die weibliche Note. Habt ihr zwei Lust, euch zu uns zu setzen?«

»Ich bin Julia«, hauchte sie und lächelte huldvoll.

***

Julia hatte sich nach einem kurzen Abstecher zu einem China-Schnellimbiss und langem Hin und Her für einen Pub in Soho entschieden. Warum auch immer.

Eigentlich war ich nach dem anstrengenden Arbeitstag ehrlich erschöpft und wollte nur nach Hause, die Waschmaschine starten und mich mit einem Buch ins Bett verziehen, aber andererseits war ich auf ihr Wohlwollen angewiesen. Mit gemischten Gefühlen trottete ich neben ihr her und fragte mich noch immer bange, was sie von mir wollte.

Außerdem kam ich mir blöd vor mit dem kleinen Lederrucksack, den ich als Handtasche benutzte. Fürs Büro war er praktisch, weil er geräumig genug für den in London obligatorischen Taschenschirm, die Wasserflasche und ein Sandwich war. Aber abends beim Ausgehen wirkte er mehr wie ein *BUKo*. Ein *Beischlaf-Utensilien-Koffer* für Professionelle oder völlig Verzweifelte, die auf alle Eventualitäten vorbereitet sein wollten.

Wir bogen in eine Seitenstraße ein, deren Bürgersteig gerammelt voll war mit Leuten, die auf gewisse Weise alle gleich aussahen: fahle Gesichter im Schein der untergehenden Sonne, dunkle Klamotten, in der einen Hand ein Glas und in der anderen eine Zigarette.

Wie aus dem Nichts tauchte ein gutaussehender Typ vor mir auf, schenkte mir ein strahlendes Lächeln, bei dem ich normalerweise in die Knie gegangen wäre, und erklärte mir, ich sei wunderschön. Vermutlich eine Wette.

Ich drückte ihm automatisch einen Spruch von wegen Suff und/oder Knick in der Optik rein und schlängelte mich elegant an ihm vorbei, während Julia in ihr berühmtes Gelächter ausbrach, das mich immer an eine Herde Ziegen erinnerte.

Im Pub wartete die nächste Überraschung: Ein paar meiner Kollegen standen um einen Stehtisch herum und sahen mich leider, bevor ich mich unsichtbar machen konnte. Ach, was hielt man sich für witzig! Irgendetwas gab es bei dem Projekt, an dem sie arbeiteten, zu feiern. Vielleicht dachten sie sich aber auch jeden Abend einen Vorwand zum Saufen aus.

Allein hätte ich mich sicher schnell dünnmachen können, aber Julias Anwesenheit sorgte für allgemeines Entzücken, und man versuchte, sie mit beruflichen Erfolgen und Insiderwitzen zu beeindrucken. Dass sie von dem verwendeten Vokabular vermutlich nicht einmal die Hälfte verstand, schien den Herrschaften nicht bewusst zu sein. Wo war denn nur ein freier Stehtisch, gegen dessen Platte ich meinen Kopf schlagen konnte?

Mein rettender Engel hatte sich eine merkwürdige sterbliche Hülle ausgesucht. Plötzlich stand ein ellenlanger Typ mit dunklem Wuschelkopf neben mir, der eifrig auf Julia einredete.

Sie schenkte ihm ihr extratoll strahlendes Lächeln, und endlich kapierte ich es! Sie war nicht mehr mit ihrem sensationellen Freund zusammen, dessen Name ich mir, Schande über mich, nie merken konnte. Ich hatte mit Julias schnodderiger Aussprache noch immer Probleme. Gavin oder Kevin? Jedenfalls war er nun allein zu Hause. Oder er hatte eine Neue. Das peinliche Problem schien sich erledigt zu haben. Hurra!

Blieben bezüglich Aussprache nur noch Julias regelmäßige und vergebliche Versuche übrig, mir den Unterschied zwischen der Haltestelle Euston und der amerikanischen Stadt Houston zu erklären. Für mich klangen beide identisch.

Eine Welle der Erleichterung schwappte über mich. Wenn Julia mich nur mitgenommen hatte, um nicht allein ausgehen zu müssen, musste ich mir wegen meiner Unterkunft keine Sorgen machen. Ansonsten war mir an dem Abend alles egal.

»Er will, dass wir uns zu ihm setzen. Kommst du mit?«, zwitscherte sie fröhlich.

Der Fremde stellte sich mir, wenn ich ihn richtig verstand, als Socks vor und machte vage Handbewegungen, die ich nicht einordnen konnte. Ich folgte seinem Blick und sah – den Betrunkenen von vorhin, der uns so offensichtlich anstarrte, als wollte er uns hypnotisieren. Irgendetwas war faul an der Sache.

Auf dem Weg zum Tisch hielt ich diesen Socks am Ärmel fest. Er blieb ruckartig stehen und sah mich fragend an.

Ich stellte mich auf die Zehenspitzen und rief wegen der lauten Hintergrundgeräusche an der Bar zu ihm hoch: »Was zahlt dir dein Kumpel, wenn wir an euren Tisch kommen?«

Er zuckte zusammen und zögerte eindeutig zu lange mit der Antwort. »Ich verstehe nicht …«

Erwischt! »Komm schon! Wenn du es mir sagst, kommen wir mit. Wenn nicht, dann nicht.«

»Eine Flasche Whisky aus dem Off Licence.«

»Mehr sind wir nicht wert?«

»Mehr habe ich nicht verlangt.«

»Nett von dir.«

»Deshalb liebt mich jeder.«

***

Socks sah ihr herausfordernd in die graugrünen Augen, und plötzlich schnallte sein benebeltes Hirn den Irrtum. Darrel war gar nicht an dem engelsgleichen Wesen interessiert, das offensichtlich nur lächeln und kichern konnte, sondern das Objekt der Begierde stand hier, mehr als vier Meter vom Zielort entfernt. Und es hatte die Aktion durchschaut. Verdammt!

Aus den Augenwinkeln sah er, dass die große Blonde sich neben Darrel gesetzt hatte, weil Dylan fast schon zu offensichtlich *gaaanz viiiel* Platz auf der Bank brauchte und wohl erst wegrutschen wollten, wenn Socks mit dem mutmaßlichen Trostpreis anrückte. Was für eine kollektive Fehleinschätzung!

Aber zumindest hielt die Nervensäge Wort und folgte ihm brav an den Tisch. Er war auf einen simplen Bluff hereingefallen. Zwar hatte er noch keinen blassen Schimmer, wie er sie auf die andere Seite neben Darrel bugsieren sollte, aber irgendetwas würde ihm schon einfallen.

Er stellte alle der Reihe nach vor: »Das sind Darrel, James, Dylan, und ich bin, wie gesagt, Socks. Eigentlich heiße ich Sam, aber so nennt mich keiner. Und Dylan heißt in Wirklichkeit James. Wir nennen ihn nur Dylan, weil sein Nachname Thomas ist und er nicht Tom genannt werden möchte. Alles klar? Das ist Julia, und deinen Namen habe ich nicht mitbekommen.«

»Lou.«

Julia blickte verwirrt vom einen zum anderen. »Warum nennen sie dich Dylan?«

»Weil James bereits James heißt. Da war für mich kein James mehr übrig.« Dylan grinste verschmitzt.

»Vermutlich ist er entweder ein großer Poet und Schriftsteller oder säuft so viel wie Dylan Thomas«, warf Lou mit todernstem Gesicht ein.

Dylan lachte. »Das Dichten überlasse ich Socks. Der kann nichts anderes und soll auch was haben.«

»Dann ist ja alles klar.« Lou lächelte und tat ganz harmlos.

»Was wollt ihr trinken?«, fragte Darrel die beiden Frauen.

Julia entschied sich für einen trockenen Weißwein, und Lou wollte allen Ernstes ein stilles Wasser.

Himmel, dachte Socks, *der arme Darrel hat schon ordentlich Schlagseite und verguckt sich nach über zwei Jahren Solodasein ausgerechnet in eine Abstinenzlerin mit Haaren auf den Zähnen. Die Welt ist so grausam!*

Julia stand von der Bank auf, damit Darrel an die Bar konnte.

Socks bat Lou, ihn ebenfalls herauszulassen, und nutze die Gelegenheit für einen kurzen Abstecher zu den Toiletten. Zum Glück herrschte an der Bar viel Betrieb, und er war nach seiner Rückkehr in der Lage, den eigentlichen Plan umzusetzen. Wie selbstverständlich tauschte er sein Glas gegen Darrels und forderte Julia mit einer lässigen Handbewegung auf weiterzurutschen, damit er sich neben sie setzen konnte.

Sie schenkte ihm ein strahlendes Lächeln und betrachtete das Manöver ganz offensichtlich als Kompliment.

Während sich James und Dylan nur teilweise erfolgreich das Grinsen verkniffen, spulte Socks das bewährte Programm an interessiert wirkenden Fragen, kleinen Scherzen und subtilen Schmeicheleien ab. Es ging schon fast automatisch.

Dylan unterhielt sich mit James und ignorierte die neben ihm sitzende Lou, die mit gedankenverlorenem Gesichtsausdruck auf die Tischplatte starrte.

Mädchen, mir machst du nichts vor, dachte Socks. *In Wirklichkeit entgeht dir keine Silbe.*

Darrel kam mit den zwei Gläsern zurück und schaute wegen der veränderten Sitzordnung verdutzt in die Runde. Hilflos blickte er zu Lou.

»Komm, setz dich zu mir«, lud sie ihn harmlos lächelnd ein. »Socks scheint sich sehr für Julia zu interessieren. Und deine Flasche Whisky kommt ihm sicherlich auch nicht ungelegen.«

»Danke, Socks. Du bist ein echter Freund!« In Darrels Blick loderte die pure Mordlust. »Warum hast du ihr das erzählt?«

»Sie hat mich erpresst«, erläuterte Socks im nüchternen Tonfall eines Nachrichtensprechers. Doch für ihn war klar: Jetzt war sie fällig! »Aber sag mal, Lou, warum hast du einen Rucksack dabei? Musst du nachher noch arbeiten? Schicken Rock hast du übrigens an. Ist der nicht ein bisschen lang für solche Zwecke?«

»Als Besitzer der goldenen Kundenkarte kennst du dich in der Branche natürlich bestens aus. In dem Rucksack sind übrigens meine Stiefel. Ich gehe nachher noch wandern.«

Zum ersten Mal an diesem Abend kamen Socks Zweifel: War Lou tatsächlich so schlagfertig oder schlichtweg verrückt und hatte wirklich Stiefel dabei? Die merkwürdige Art, wie sie ihn gerade ansah, war bei der Klärung dieser Frage überhaupt nicht hilfreich.

Dylan machte eine wegwerfende Handbewegung. »Du kennst doch die Frauen! Die tragen stets alles mit sich herum, was für einen zweiwöchigen Skiurlaub in den Alpen erforderlich ist.«

Lou wandte sich an Darrel, der verzweifelt auf ihr Wasserglas starrte: »Tut mir leid, dass ich draußen so grob zu dir war. Ich hatte einen anstrengenden Tag und bin einfach nur fertig.«

Er sah ihr in die Augen und lächelte schüchtern. »Kein Problem. Wo arbeitest du?«

»Bei einer Softwarefirma. Und du?«

»Bei einem Herrenausstatter. Ich bin Herrenschneider.«

Julia, die mitgehört hatte, brach wieder in ihr spezielles Gelächter aus und konnte sich gar nicht mehr beruhigen.

Wenn er jetzt noch erzählt, dass er in seiner Freizeit Banjo spielt, müssen wir bei der Lady Wiederbelebungsmaßnahmen einleiten. Socks hatte große Sehnsucht nach einer Zigarette.

***

Zuerst glaubte ich, mich verhört zu haben, aber Julias Meckerlachen bestätigte, dass das Häufchen Elend neben mir tatsächlich diesen kuriosen Beruf ausübte.

Ich dachte kurz nach und versuchte, mich in jemanden hineinzuversetzen, der bei fremden Menschen an den merkwürdigsten Stellen Maß nahm, um ihnen Anzüge, Mäntel und wer weiß, was noch alles, anfertigen zu können. Dass es so etwas überhaupt noch gab? Aber in London gab es manches, was meine Vorstellungskraft sprengte.

»Das klingt nach einem sehr abwechslungsreichen und kreativen Beruf.« Mir war klar, dass meine Antwort ein wenig zu lang hatte auf sich warten lassen, aber das war nun nicht mehr zu ändern. In meinem Hirn war längst Feierabend, und es lief nur noch im Notbetrieb. »Es ist bestimmt eine Herausforderung, einen Stoff und einen Schnitt zu wählen, die dem Kunden nicht nur gefallen, sondern auch stehen«, fügte ich noch lahm hinzu.

Er lächelte und zwinkerte. Es machte mir gar nichts aus, dass er mich durchschaut hatte. Er nahm einen Schluck von seinem Orangensaft und grinste mich an. »Und?«

»Was und?« Ich war verwirrt.

»Keine Witze übers Maßnehmen im Schritt? Jetzt bin ich aber enttäuscht! Das gehört doch dazu, wenn ich vom Job erzähle.«

»Naheliegende Witze sind mir zu langweilig. Ich frage ja auch nicht, ob ihr auf Twitter während der Arbeit Tweets über Tweed postet.«

Er lachte. »Schade. Der wäre eine Abwechslung gewesen. Im Gegensatz zu gewissen amerikanischen Präsidenten nehmen wir unseren Job aber ernst und legen großen Wert auf eine seriöse Außendarstellung.«

»Das heißt, dass ihr nur intern die Sau rauslasst?«

»Das überlassen wir chronisch unzufriedenen Kunden. Die sind dabei kreativer als wir. Es tut jeder das, was er am besten kann.«

Zwischen Julia und Dylan hatte sich währenddessen eine etwas einseitige Diskussion über Handtascheninhalte entwickelt, die immer lauter wurde. Dylan zählte blödsinnige Gegenstände auf, die angeblich jede Frau tagtäglich mit sich führte, und verglich Handtaschen mit der TARDIS, der Zeitmaschine von Doctor Who, die auf der Innenseite größer war. Julia hingegen lachte nur in einer Tour. Socks hatte lässig den Arm um ihre Schultern gelegt und steuerte ab und an eine Tierart zur Diskussion bei.

»Und was hast du eigentlich in deinem Jackett?«, fragte Julia lachend, als er ihr noch näher auf die Pelle rückte.

»Meinst du das?« Er zog eine Flöte aus Metall hervor und ließ sie zwischen seinen Fingern herumwirbeln.

»Was ist das?« Julia war eindeutig denkfaul. Statt einfach mal genau hinzuschauen und zu überlegen, wollte sie ständig alles auf dem Silbertablett serviert bekommen.

Mich reizte das immer, und auch diesmal konnte ich mich nicht zurückhalten. »Das ist eine defekte Bierleitung, die lauter Löcher hat. Socks ist von Beruf Kneipenklempner und hat sie vorhin an der Bar noch schnell ausgetauscht, als der Zapfhahn streikte.«

Wie auf Kommando prosteten Dylan und James ihm zu und tranken auf sein Wohl.

Julia blickte verwirrt vom einen zum anderen, während Socks mit enttäuschter Miene die Flöte wegsteckte. »Jetzt hast du es verraten!«

»Woher hast du die neue Leitung genommen?«, stellte Julia eine unter diesen Umständen durchaus berechtigte Frage.

»Die hatte ich in der anderen Tasche. Schau, die ist jetzt leer.« Er zog rechts das Jackett vom Körper weg und deutete auf die Innentasche.

Neben mir nahm Darrel einen großen Schluck Orangensaft, vermutlich um sein Grinsen zu verbergen.

»Hast du auch stets Arbeitsmaterial bei dir? Oder wahlweise ein Instrument?«, wandte ich mich an ihn.

»Ja, klar. Ohne zwei bis drei Ballen Tweed würde ich mir gerade jetzt im Sommer nackt vorkommen.«

»Und wie bringst du die unter ohne Jackett mit Innentaschen der Marke TARDIS?«, fragte ich in Anspielung auf sein Outfit aus dunkelgrauem Hemd und schwarzer Jeans.

»Ich trage mein Banjo lieber in der linken Socke mit mir herum. Das ist mir sicherer bei den vielen Taschendiebstählen heutzutage.«

»Du spielst Banjo?« Julia lachte wieder schallend.

Socks zog seine Flöte hervor und deutete an, sie ihr quer in den Mund zu stopfen.

Ich betrachtete das Instrument genauer. Es sah aus wie eine Blockflöte, war aber schlanker und aus Metall. Ich hatte so etwas noch nie gesehen. »Wie klingt diese Flöte eigentlich?«, fragte ich ihn.

»Tin Whistle. Bei mir reichlich schräg«, antwortete er. »Ich habe sie mir gestern gekauft, aber irgendwie ist das nicht mein Ding. Jetzt trage ich sie herum, um Frauen zu beeindrucken. Für irgendetwas muss das verdammte Stück doch gut sein.«

»Ach, das ist eine Flöte!«, rief Julia. »Darf ich mal sehen?«

»Du siehst sie doch schon die ganze Zeit!« Socks ließ sie wieder zwischen seinen Fingern herumwirbeln.

»Eigentlich sollte er als Raucher Dudelsack spielen. Damit kann man die Kurzatmigkeit besser ausgleichen. Aber er wollte lieber etwas lernen, das seinen intellektuellen Fähigkeiten entspricht. Habe ich erwähnt, dass das auch ein Instrument für Kinder ist?«, fragte James.

»Nachdem er mit dem Gitarrenhals den Mikrofonständer von der Bühne gefegt hatte, hat ihm Sean Gitarrenverbot erteilt. Seither zappelt er einfach unkontrolliert in der Gegend herum. Da wollten wir ihm was geben, an dem er sich festhalten kann, ohne großen Schaden anzurichten, aber er ist ein hoffnungsloser Fall«, erläuterte Dylan.

Julia bekam ganz runde Augen. »Wer ist Sean?«

»Unser Vermieter.«

»Und der verbietet ihm die Gitarre?«

»Er spielt Bassgitarre und kennt sich aus mit Zupfinstrumenten und ihren dramatischen Konsequenzen für die Allgemeinheit.«

»Das verstehe ich nicht.« Julia gab schon wieder auf.

Mich reizten die kryptischen Antworten hingegen. »Ich fasse mal zusammen: Banjo, Bassgitarre, eine neuerdings verbotene Gitarre und eine Dudel-sack-Ersatz-Flöte zu Dekorationszwecken. Klingt irgendwie dürftig für eine Band. Wer singt?«

»Hauptsächlich ich und manchmal alle, die gerade nebenher Zeit haben«, meldete sich Socks zu Wort. »Ich kann leider nichts anderes, seit Sean mir die Gitarre verboten hat. Ich könnte natürlich auch einfach nur dämlich grinsend herumstehen und winken, aber das überlasse ich lieber der königlichen Familie.«

»Und was treibt ihr an langen Winterabenden?«, fragte ich Dylan und James.

»Schlagzeug«, antwortete James.

Und Dylan: »Geige.«

»Klingt nach einem interessanten Sounderlebnis.«

»Keine Ahnung.« Socks blickte gespielt betrübt vor sich hin. »Die Zuhörer unterhalten sich immer so lautstark, dass wir eigentlich gar nicht wissen, wie wir genau klingen.«

»Warum dreht ihr die Mikrofone nicht lauter?«, fragte Julia.

»Gedrehte Mikrofone? Was ist das? Kann man das essen? Ich habe es nicht so mit der japanischen Küche!«

»Lou klappert nur mit den Stricknadeln im Takt!« Julia versuchte nun auch mal, witzig zu sein.

»Aha! Noch jemand, der sich für Textilhandwerk interessiert. Da habt ihr ja was gemeinsam!« James strahlte.

Ein kurzer Seitenblick: Darrel war inzwischen neben mir im Sitzen friedlich eingeschlafen. Ob er wohl genug Gegenleistung für seine Flasche

Whisky bekommen hatte oder den Deal mittlerweile bereute?

Socks fragte in die Runde, was wir trinken wollten, aber ich war ebenfalls hundemüde und lehnte dankend ab. Ich tippte sanft auf Darrels Schulter, die sich angenehm warm anfühlte. Er schreckte hoch, blickte mir in die Augen und schenkte mir ein seliges Lächeln, das mich trotz allem berührte.

»Lässt du mich bitte raus? Ich möchte gern gehen«, fragte ich ihn freundlich.

Er stand mühsam auf. »Gibst du mir bitte deine Telefonnummer?«

Damit hatte ich nun überhaupt nicht gerechnet. Wollte er das wirklich? Wollte ich das wirklich? In Gedanken malte ich mir betrunkene Anrufe mitten in der Nacht aus oder irgendein halbherziges Date, bei dem er in nüchternem Zustand feststellte, dass ich ganz anders aussah als in seiner benebelten Erinnerung.

Manchmal zu später Stunde oder nach einem langen Tag überkam mich aus purer Müdigkeit spontan der Irrsinn. Anders ließ sich nicht erklären, was ich tat. Ich riss eine Seite aus meinem Notizbuch und schrieb: »Triff mich morgen um zwei Uhr nachmittags in den Kensington Gardens bei der Peter-Pan-Statue. Sei nüchtern.«

Erst, als ich schon in der U-Bahn saß, fragte ich mich, wie ich auf diesen bescheuerten Ort gekommen war. Ich kannte ihn bisher nur aus einem Reiseführer, mit dessen Hilfe ich Stück für Stück meine neue Wahlheimatstadt erkundete.

Klar wollte ich etwas Eindeutiges, bei dem es zu keinen Verwechslungen kommen konnte. Doch der Park war nicht nur ziemlich weit von unserer Wohnung entfernt, auch hatte ich überhaupt nichts mit Peter Pan am Hut und kannte die Handlung nur in groben Zügen vom Hörensagen.

2. Mit der Gitarre nach Kensington

Socks gehörte zu den Menschen, denen fünf bis sechs Stunden Schlaf ausreichten. Und fremde Betten waren zumindest schlaftechnisch überhaupt nicht sein Ding. Er rieb sich die Augen und blickte im fahlen Morgenlicht, das zwischen Vorhang und Wand hindurchlinste, auf die Uhr. Zehn nach sechs. So leise es nur irgend ging, schlüpfte er aus dem Bett, in seine Kleidung und aus dem Zimmer.

Ratlos sah er sich im Flur um. Wo war nur die verdammte Toilette? Vorsichtig öffnete er eine Tür. Ups! Das musste wohl Lous Zimmer sein. Zum Glück war das Bett leer. Durch den Computer auf dem Schreibtisch und das vollgestopfte Bücherregal wirkte es mehr wie ein Arbeitszimmer mit Schlafgelegenheit.

Soso! Von wegen: *Ich bin müde und möchte früh nach Hause. Triff mich morgen am Arsch der Welt und warte dort, bis du schwarz wirst, haha!* Er war ehrlich enttäuscht und wünschte ihr von Herzen die Pest an den Hals.

Er schlich zur dritten und letzten Zimmertür und öffnete sie leise. Die Küche.

Und mitten im Raum stand Lou an einem Bügelbrett. »Guten Morgen«, flüsterte sie nach einer Schrecksekunde. »Das Bad ist da.« Sie zeigte auf eine Tür und bügelte dann seelenruhig weiter eine grau-schwarz gestreifte Hemdbluse.

Wie ein Schlafwandler erledigte Socks im Bade-zimmer, was zu erledigen war, und kam wieder zurück. Offenbar war beim Teilen einer großen Wohnung in zwei kleine ein Teil der Küche abge-trennt und zu einem Minibad umgebaut worden. Deshalb hatte es keine Tür zum Flur.

»Kann ich dir etwas anbieten? Schwarztee? Grüntee? Ein Glas Wasser mit Schmerztablette? Ei-nen leisen Abgang? Bier ist leider keines da.« Lou hatte sich offensichtlich von der Überraschung er-holt und war wieder in ihrem Element. Wie hatte er nur denken können, sie sei in einem fremden Bett? Wer außer einem vollgetankten Darrel wollte es ernsthaft mit der Sorte Frau aufnehmen?

»Ich hätte gern den leisen Abgang, wenn's recht ist«, antwortete er frech grinsend.

»Wirst du sie anrufen?«

Er ging nicht darauf ein, sondern zum Gegenan-griff über. Nun war ihm alles egal! »Und? Was hast du heute noch vor? Außer einen meiner Freunde mit albernen Psychospielchen in den Selbstmord zu treiben, meine ich.«

Ihre Lider zuckten. Sie wirkte verdattert, hatte sich aber schnell im Griff. »Mal sehen. Ein bisschen bügeln, solange es noch kühl ist. Gegen acht räume ich in der Waschküche die Waschmaschine aus und starte sie neu, um endlich den Wäscheberg zu bezwingen. Dann haue ich mich noch so ein oder zwei Stunden aufs Ohr, mache mittags ein kleines Ein-Frau-Picknick im Hyde Park und treffe um zwei jemanden in den Kensington Gardens. Nach-dem der in nüchternem Zustand bei meinem An-blick schreiend Reißaus genommen hat, sehe ich mir den Kensington Palace von außen an und entscheide spontan, ob ich mich für Karten anstelle. Ich wollte da schon immer mal rein. Die historischen Räume und ihre Einrichtung sollen hochinteressant sein. Leider werden in einem Teil des Hauses Dianas Outfits gezeigt. Dementsprechend lang ist die Schlange am Eingang. Die und der Gedanke an die ulkigen Outfits haben mich bisher immer abgeschreckt. Gegen Abend starte ich noch einmal die Waschmaschine und lese ein Buch. Ich hoffe, das beantwortet deine Frage. Und du so?«

»Du triffst dich wirklich mit Darrel?«

»Das hängt davon ab, ob er kommt. Wenn ja, dann ja.«

Socks atmete tief durch. »Sorry.«

Lou lächelte. »Kein Problem. Soll ich die Wohnungstür leise hinter dir schließen? Sie macht einen Höllenlärm, wenn man sie zuzieht.«

»Wirst du Julia erzählen, dass du mich hier gesehen hast?«

»Sie wird dich vermutlich gar nicht erwähnen. Ich bin ihre Untermieterin. Nichts weiter.«

Socks öffnete vorsichtig die Tür zum Flur. Lou stellte das Bügeleisen hochkant aufs Brett und folgte ihm. Im Treppenhaus hörte er, wie sie behutsam die Tür hinter ihm schloss.

Erst draußen auf der Straße fiel ihm ein, dass er sich gar nicht verabschiedet hatte. Er blickte hoch zur Hausnummer und rannte, einer plötzlichen Eingebung folgend, bis zur Kreuzung, blieb dort schwer atmend stehen und prägte sich Straßenname und Hausnummer ein. Nicht für sich, sondern für Darrel. Man wusste bei dem verträumten

Spinner ja nie, wozu etwas gut war. Wenn der sich etwas in den Kopf gesetzt hatte, zog er es beharrlich durch.

Socks sah auf seinem Smartphone nach, wo sich die nächste Haltestelle befand. Letzte Nacht hatte er ein Taxi spendiert, aber das Geld wollte er nicht schon wieder ausgeben. So üppig hatte er es als Verkäufer in einer Buchhandlung leider auch nicht.

Natürlich war er eben in die falsche Richtung gelaufen! *Wieso bin ich eigentlich gerannt? Sie kommt bestimmt nicht hinter mir her*, dachte er. Für den Rückweg wählte er eine Parallelstraße, um nicht noch einmal an dem Haus vorbeizumüssen.

Im Bus wurde ihm klar, warum Lou am Bügelbrett und im Gegenlicht so vertraut auf ihn gewirkt hatte. Seine vor zehn Jahren an Krebs verstorbene Mutter hatte im Sommer auch gern in aller Frühe gebügelt. Er spürte den dumpfen Schmerz der Trauer wieder in sich aufsteigen und fühlte sich einsam. Zu seinem alkoholkranken, cholerischen Vater hatte er keinen Kontakt mehr.

Socks schloss die Tür des schmalen Hauses auf und ging hoch in den zweiten Stock, wo Dylan und er sich eine Wohnung teilten. Bis vor zwei Jahren hatten sie hier sogar zu viert in den drei Räumen gehaust: Socks und Dylan in eigenen Zimmern und Darrel und James zusammen im Wohnzimmer auf Matratzen, mit ihren Habseligkeiten in Umzugskartons und auf zwei Garderobenständern.

Es lagen noch immer mehrere Matratzen herum, die gestapelt als Couchersatz und einzeln manchmal als Gästebetten dienten. Jede war mit einem

Spannbetttuch in einer anderen Fehlfarbe bezogen. Mit schönen Grüßen aus dem Schlussverkauf. Das Chaos hatte nicht ab-, sondern speziell in der Küche eher noch zugenommen, während die beiden Musterknaben in der inzwischen freigewordenen Parterrewohnung brav Ordnung hielten und Maggies ganzer Stolz waren.

Maggie sprach nicht darüber, aber Socks wusste von Sean, dass sie seit Jahren vergeblich versuchte, schwanger zu werden. Stattdessen lebte sie wohl ihre Mutterinstinkte an den knapp mehr als zehn Jahre jüngeren Mietern und Bandkollegen ihres Mannes aus. Praktisch veranlagt, wie sie war, fand sie buchstäblich für alles eine Lösung und kommentierte auch noch die absonderlichsten Situationen mit kühlem Kopf und einem unnachahmlichen walisischen Akzent.

Es war ihre Idee gewesen, das Wohnzimmer der Parterrewohnung mit zwei Tischen und zehn Stühlen auszustatten und dort jeden Abend abwechselnd mit Sean, Darrel und James für alle sechs Hausbewohner und deren eventuelle Gäste einfache Gerichte zu kochen.

Seither hieß diese Wohnung nur noch *Suppenküche*. Dass Sean, Dylan und Socks sich lediglich am Tisch und nie in der Küche blicken ließen, war dabei kein Thema, sondern wurde wie vieles im Haus von jedem als naturgegeben hingenommen.

»Wenn Socks und Dylan jemals ausziehen, lassen wir am besten das obere Stockwerk und den Dachboden abreißen und neu bauen. Das kommt billiger als eine Renovierung der Räuberhöhle«, pflegte Maggie zu sagen. »Eigentlich ist es praktisch, dass man den Dreck an den Schuhen spätestens in unserem Stockwerk verloren hat. Dann fällt es nicht so auf, dass die Treppe ins zweite Geschoss nie geputzt wird« war ebenfalls einer ihrer Lieblingssprüche. Genau wie: »Eure Küche wäre gleich viel größer, wenn ihr die Schmutzkruste mal gründlich entfernen würdet. Wenn ihr so weitermacht, muss Sean sich am Ende wegen falscher Quadratmeterzahl Mietwucher unterstellen lassen.«

Socks stand rauchend am offenen Fenster seines Zimmers und blickte gedankenverloren auf die Nachbarhäuser und die winzigen Hinterhöfe, die hier paarweise aneinanderstießen. Er liebte diese Rückansicht. Wie er alles liebte, was nicht perfekt war.

Er klappte einen kleinen Collegeblock auf, bei dem bereits einige Seiten fehlten und entsprechend viele Papierfetzchen in der Spiralbindung hingen. Damit setzte er sich aufs Fensterbrett und schrieb mit krakeliger Handschrift ein Dutzend kurze Zeilen.

Dylan kam aus seinem Zimmer geschlurft, brummelte etwas durch die offene Tür zu Socks und verschwand im Bad. Socks ließ sich nicht stören.

***

Was hatte mich nur geritten, als ich diesen blödsinnigen Treffpunkt vorgeschlagen hatte? Und natürlich hatte ich am Vormittag nicht mehr geschlafen.

Wie auch – bei der lauten Musik in Julias Zimmer? Die Dame schien heute ein wenig unausgeglichen zu sein.

Nun saß ich übernächtigt auf einer Bank im Hyde Park, starrte angewidert auf den Apfel und das Sandwich in meiner Brotdose und stellte mir zum gefühlt hundertsten Mal diese simple Frage, ohne eine befriedigende Antwort zu finden.

Es war erst kurz nach eins. Dennoch blickte ich ständig auf die Uhr. Was war nur los mit mir? Ich nahm einen Schluck aus der Wasserflasche, schloss die Dose wieder und verstaute alles in meinem kleinen Rucksack.

Vielleicht würde ein Spaziergang durch den Park meinen Appetit anregen, log ich mir etwas vor. Denn eigentlich war ich bereits genug herumgelaufen. Je billiger eine Wohnung war, desto weiter lag sie von einer U-Bahn-Haltestelle entfernt. Und Julias Wohnung war für Londoner Verhältnisse günstig, obwohl sie bei schlechter Ausstattung erstaunlich viel kostete.

Auf einer anderen Bank schaffte ich zumindest den Apfel und ein paar Bissen vom Sandwich. Es war zwar erst halb zwei, aber ich beschloss, in den Kensington Gardens schon einmal diese verdammte Statue zu suchen. Wer wusste, wie versteckt das blöde Teil womöglich war?

Ich hatte mein frisch angefangenes Strickzeug dabei und konnte mir damit die Zeit und die Nervosität vertreiben. Den Ehrgeiz, auf keinen Fall zu früh oder auch nur als Erste an einem Treffpunkt zu erscheinen, kannte ich nicht. Wenn mir etwas wichtig war, durfte man das ruhig wissen. Wenn man sich darüber lustig machte, hatte sich die Sache erledigt, und ich brauchte in Zukunft gar nicht mehr zu kommen.

Ich studierte einen Plan am Rande des Parks. Irgendjemand spielte weiter weg Gitarre, aber man konnte keine Melodie erkennen. Es waren eher einzelne Melodiefetzen, die wiederholt oder leicht verändert wurden. Vermutlich etwas ganz Modernes, für das mir der Kunstverstand fehlte.

Manchmal fühlte ich mich in London ausgeschlossen. Es gab so viel Selbstverständliches, das mir jedoch verrückt erschien, dass ich oft an mir selbst zweifelte. Ja, trotz meiner fünfundzwanzig Jahre kam ich mir alt, spießig und verkrampft vor. Ein richtiges Provinzweibchen, das sich in die Großstadt verirrt hatte.

Noch immer bestehende Sprachbarrieren taten ihr Übriges. Euston oder Houston? Gavin oder Kevin? Jeans oder genes? Ganz zu schweigen von Sprichwörtern, Wortspielen, berühmten Zitaten, die man zu kennen hatte, und all den Trivialitäten, die jeder stillschweigend zur Allgemeinbildung zählte, obwohl sie mit Bildung nichts zu tun hatten. Und wenn man nachfragte oder auch nur verständnislos aus der Wäsche guckte, war man sofort die humorlose Deutsche, die den Witz nicht verstand.

Ich schlenderte den Weg zur Peter-Pan-Statue entlang. Natürlich war sie leicht zu finden. Wie alles, wenn ich ausreichend Zeit zum Suchen hatte. Nur wenn ich es eilig hatte, hing an Kreuzungen plötzlich kein Straßenname, oder Hausnummern versteckten sich oberhalb von Vordächern oder hinter einer Leuchtreklame.

Auf den Stufen vor der Statue saß ein Typ mit kurzen, rotblonden Locken und spielte Gitarre. Darrel. Ihn hatte ich die ganze Zeit gehört. Doch auch aus der Nähe klang sein Geklimper eigenartig und unstrukturiert. Er hatte neben sich ein kleines Heft liegen und schien sich Notizen zu machen. War er wirklich nüchtern?

»Ein merkwürdiges Banjo hast du da. Ist das ein Gitarrenbanjo?«

Er fuhr regelrecht zusammen und starrte mich völlig geschockt an. Ja, er war definitiv nüchtern und fragte sich wahrscheinlich gerade, wer die hässliche Alte war, die ihn so schräg anquatschte, während er doch auf eine mit Alkoholschwaden verschleierte Schönheit wartete.

»Hi!«, sagte er und lächelte schüchtern. »Setz dich. Du bist früh dran.«

»Du bist noch früher dran.« Ich nahm mit etwas Abstand neben ihm Platz und wusste nicht, was ich sonst noch sagen konnte.

»Es ist ulkig, aber ich war noch nie hier«, meinte er nach einer Weile, »obwohl ich in London geboren bin und als Kind mit Peter Pan bis zum Umfallen traktiert wurde. Versteh mich nicht falsch. Es ist eine ganz spezielle Geschichte, die ihresgleichen sucht. Aber wenn man sie zu oft hört …« Er zuckte hilflos mit den Schultern und wusste offensichtlich nicht mehr weiter. »Ich dachte mir jedenfalls, dass es nicht schadet, wenn ich etwas früher komme. Ich konnte überhaupt nicht abschätzen, wie lange ich hierher brauche. Magst du diesen Ort?«

Jetzt war ich richtig verlegen. »Ich war noch nie hier, wollte aber schon immer mal herkommen und mich umsehen. Mir war bis vor Kurzem überhaupt nicht klar, dass die Kensington Gardens direkt neben dem Hyde Park liegen. Für mich war das eins, als ich ihn mir mal ansah.«

»Woher kommst du eigentlich? James tippte gestern auf Schottland, aber ich glaube, Englisch ist gar nicht deine Muttersprache.«

»Ich habe tatsächlich entfernte Verwandte in der Nähe von Edinburgh, bin aber Deutsche.«

»Tatsächlich? Dein Akzent klingt überhaupt nicht deutsch.«

»Wir reden nicht alle wie Hitler.«

Er lachte. »Das weiß ich! Ich war einmal ein paar Tage in Berlin und eine Woche im Schwarzwald.«

»Im Schwarzwald?«

»Das war eine Spinnerei von mir. Meine Großmutter hatte eine Kuckucksuhr besessen, die nach ihrem Tod weggeworfen wurde, obwohl ich sie unbedingt haben wollte. Das beschäftigte mich über Jahre. Mich hatte die Mechanik als Kind unheimlich fasziniert, und die Uhr gehörte eben irgendwie zu meiner Großmutter. Lach bitte nicht!«

»Ich lache nicht. Erzähl weiter!« Ich hörte ihm aufmerksam zu.

»Mit achtzehn fuhr ich also in den Schwarzwald und schaute mir in den Touristenläden die Kuckucksuhren an. Kaufen konnte ich keine, weil mir rasch das mitgebrachte Geld ausging. Ende der Geschichte.« Er lachte, aber es schwang eine Traurigkeit mit, die ich nicht einordnen konnte.

War ein Mädchen mit im Spiel gewesen? Dann wollte ich es gar nicht wissen. Ich hatte auch keine

Lust zu erzählen, warum ich vor einem halben Jahr Hals über Kopf nach London gezogen war.

»Welches Lied hast du eben gespielt?«, fragte ich stattdessen.

»Eines, das noch nicht existiert. Socks hat mich gebeten, mir Gedanken zu machen, weil er sich festgefahren hat. Geht mir aber auch so, wie man sicher unschwer erkennen kann.« Er wurde doch tatsächlich rot. Gab es denn kein unverfängliches Thema für uns?

»Es war übrigens eine witzige Idee, sich hier zu treffen«, fuhr er fort. »Ich dachte beim Anblick der Statue sofort an die *Lost Boys*, die aus den Kinderwagen fielen, als ihre Kindermädchen nicht hinschauten. Wenn man es so betrachtet, war deine Gedankenassoziation bei unserem Zustand gestern Abend naheliegend. Ich fühle mich heute auch wie aus dem Wagen gefallen.«

Ich starrte ihn an. War das wirklich der Grund, weshalb mir spontan diese Statue in den Sinn gekommen war? »Ich weiß nicht, was ich mir dabei gedacht habe. Das frage ich mich auch schon den ganzen Tag«, flüsterte ich.

Er lachte. »Und ich weiß nicht, warum ich dich so plump angequatscht habe. Das ist überhaupt nicht meine Art. Ich habe dich gesehen und wollte dir das sagen, weil es mir wichtig gewesen ist, dass du das weißt. So in etwa.«

»Und jetzt weißt du nicht mehr, warum dir das so wichtig gewesen ist.« Ich lachte ebenfalls, aber es klang nicht echt.

»Doch, das weiß ich sehr genau. Ich wollte, dass du endlich weißt, wie schön du bist. So, wie du dich bewegst, scheinst du es nicht zu wissen. Es gibt so winzige Momente, in denen ich das Gefühl habe, auf einem Berg zu stehen, und mein Leben breitet sich vor mir aus. Ich kann ganz genau erkennen, worauf es ankommt. Ich muss die Chance ergreifen, bevor der Moment vorbei ist, und ich wieder unten im Tal stehe und vor lauter Dickicht nicht weiß, was Sache ist. – Nein, ich bin nicht betrunken. Ich kann es nur nicht anders erklären.«

»Es klingt einleuchtend. Bis auf die Sache mit der Schönheit. Diese Bergmomente könnte ich manchmal dringend gebrauchen. Woher weißt du, dass du dich in dem Moment nicht täuschst? Dir das einfach nur einbildest?«

»Spätestens dann, wenn alles zusammenbricht, weiß ich es, aber das kommt viel seltener vor, als man denkt. Meistens verpasst man doch aus purer Feigheit seine Chancen und merkt es zu spät oder gar nicht.« Dann fragte er unvermittelt: »Glaubst du an Liebe auf den ersten Blick?«

Das ging mir doch zu schnell! Wer so leichtfertig von Liebe sprach, hatte sie wohl noch nie wirklich empfunden. Dennoch schien er die Frage ernst zu meinen. Das war nicht nur ein flotter Spruch, um mich anzubaggern.

»Ich habe das selbst noch nie erlebt«, antwortete ich ausweichend.

»Gut. Das war wenigstens ehrlich.«

»Was erwartest du von mir?«

»Nichts.« Er packte seine Gitarre in ihren Koffer, und ich war in dem Moment fest davon überzeugt, dass er aufbrechen wollte, aber er blieb sitzen. Sekunden verstrichen. Keiner sagte ein Wort. Da er bisher hauptsächlich die Unterhaltung bestritten hatte, fühlte ich mich in Zugzwang.

Verstohlen betrachtete ich ihn von der Seite. Er saß einfach nur so da, blickte geradeaus und schien auf irgendetwas zu warten. Ich wurde immer nervöser. Ich mochte ihn sehr und wollte gar nicht gehen. Doch ich hatte gleichzeitig das Gefühl, dass er sich genau das von mir erhoffte. Das sah ich ja schon einmal überhaupt nicht ein! Damit ich am Ende Besuch von einem wütenden Socks bekam, der mir wieder sonst etwas unterstellte?

»Möchtest du, dass ich gehe?«, fragte ich äußerlich ganz ruhig. Zumindest hoffte ich inständig, dass es so rüberkam.

»Nein.« Er sah mich an, schenkte mir ein strahlendes Lächeln und zwinkerte mir zu.

Das war doch die Höhe!

»Ist das alles nur ein Spiel für dich?«, flüsterte ich.

»Nein! Ganz bestimmt nicht! Aber eigentlich ist alles gesagt. Ich habe mich in dich verliebt. Du dich nicht in mich. Ich kann nur abwarten, ob sich das bei dir noch ändert. Mir bleibt keine andere Wahl.«

»Und jetzt sitzt du hier und wartest?«

»Diese Stufe ist fürs Warten so gut geeignet wie jede andere.«

»Und wie lange hast du vor, hier darauf zu warten, dass ich mich in dich verliebe?«

»Spätestens um fünf muss ich gehen, aber morgen hätte ich zum Beispiel den ganzen Tag Zeit.«

Ich musste lachen. »Und darf ich zwischendurch weggehen, oder muss ich hier heute Nacht die Stufen für dich freihalten?«

»Du kannst tun und lassen, was du willst, während ich hier warte. Momentan bist du noch da. Das freut mich natürlich ungemein, da ich bekanntlich deine Telefonnummer nicht besitze. Ich hoffe, du bleibst noch ein bisschen und leistest mir Gesellschaft.«

»Beim Warten?«

»Exakt.«

»Bis fünf?«

»Ab fünf muss ich leider woanders warten. Aber prinzipiell ist das der Plan. Du kannst natürlich um fünf mitkommen und mir dort beim Warten Gesellschaft leisten. Das würde mich unheimlich freuen, denn gemeinsam wartet es sich gleich viel angenehmer.«

»Auf welchen Stufen wäre das?«

»Das ist ein bisschen ein Problem, denn so ruhig und gemütlich wie hier hätten wir es dort nicht. Das ist ein ziemliches Gerenne und Herumgestehe. Außerdem herrscht da ein unbeschreiblicher Lärm! Aber spätestens gegen neun könnten wir uns irgendwo wieder hinsetzen und gemeinsam weiterwarten.«

»Jetzt bin ich neugierig!« Ich musste erneut lachen. Ich hatte schon einige Flirttechniken erlebt, aber keine war so verrückt wie diese.

Er machte weder den Versuch, mich zu beeindrucken, noch heuchelte er Interesse, indem er mich gnadenlos ausfragte. Ich konnte jederzeit gehen. Und ich hatte den Verdacht, dass er mir nicht folgen würde. Musste er auch nicht, da Socks meine Adresse kannte. Trotzdem wollte ich nicht pokern. Das lag mir nicht. Für mich war das kein

Spiel, sondern eine ernste Entscheidung: Bleiben oder gehen? Darrel oder kein Darrel? Und die Antwort war klar. Stand ich etwa gerade auf einem Berg und blickte auf mein Leben?

»Ich habe übrigens ein großes Badetuch dabei. Wenn du magst, können wir uns im Hyde Park auf den Rasen legen, während ich warte.« Er deutete neben sich auf einen Rucksack.

»Okay.« *Und wenn du deine Pfoten nicht bei dir behältst, gibt es einen Satz heiße Ohren*, fügte ich in Gedanken hinzu.

Wie die meisten Londoner war er flott unterwegs. Er suchte einen Schattenplatz und breitete das Badetuch aus. Es hatte auch schon bessere Tage gesehen, machte aber einen sauberen Eindruck. Er legte sich artig ganz an den Rand, sodass ich viel Platz hatte. Ich streckte mich gemütlich aus, sah mir den Himmel an – und schlief ein.

Mann, war mir das peinlich, als ich aufwachte! Gestern hatte ich mich noch über Darrel amüsiert, der neben mir auf der Bank eingenickt war, und nun das!

»Guten Morgen!« Wieder dieses strahlende Lächeln. Nun kam ich mir so richtig blöd vor! Er saß neben mir und kritzelte irgendetwas in ein Notizbuch. War das noch ein Lächeln oder schon ein lautloses Lachen?

»Ich habe letzte Nacht schlecht geschlafen«, erklärte ich, und mir war im selben Moment bewusst, wie kläglich dieser Erklärungsversuch wirken musste.

»Das ist doch in Ordnung. Außerdem muss man der Wahrheit ins Gesicht sehen: Ich bin nun einmal ein schrecklicher Langweiler.«

Ich lachte. »Wenn es danach geht, muss ich dich gestern Abend auch fürchterlich gelangweilt haben.«

»Nein, das war echt tragisch! Du bist plötzlich weg gewesen. Mir ist heute Morgen klargeworden, dass ich in letzter Zeit definitiv zu viel trinke. James meint auch, dass ich da mal auf die Bremse treten sollte. Ich bin ehrlich froh, dass du vorhin überhaupt gekommen bist.«

»Es war ja meine Idee gewesen.«

»Trotzdem. Einen Denkzettel hätte ich verdient. Ich frage mich schon den ganzen Tag, wie das wohl ist, wenn man stocknüchtern mit vollgetankten Leuten am Tisch sitzt.«

»Interessant. Bis zu einem gewissen Punkt. Dann kippt entweder die Stimmung oder gleich die ganze Person.«

»Ich habe mir jedenfalls geschworen, dass ich mindestens einen Monat lang nüchtern bleibe, wenn du wirklich kommst.« Er strahlte mich entwaffnend an.

»Mist! Und sie ist wirklich gekommen. Was jetzt?«

»Ich halte Wort. Obwohl das für mich heute Abend echt eine Premiere sein wird …«

»Weil du deine Samstagabende sonst immer sturzbetrunken und in der Gosse liegend ausklingen lässt?«

»… weil ich noch nie nüchtern vor Fremden dieses verdammte Banjo gespielt habe.«

»Ihr habt einen Auftritt?«

»Sonst würde ich mich hier nachher ganz bestimmt nicht dünnmachen. Ehrlich nicht! Aber ich kann schlecht wegbleiben. Wir klingen zwar mit oder ohne Banjo bescheuert, aber die anderen würden mir das nie verzeihen.«

»Das ist doch in Ordnung. Ich kann nicht erwarten, dass du frühere Verabredungen für mich absagst. Das war ohnehin ganz schön anmaßend von mir, einfach einen Termin vorzugeben. Nicht jeder hat am Wochenende frei. Daran habe ich nicht gedacht. Tut mir sehr leid.«

»Mach dir keinen Kopf. Wenn ich heute keine Zeit gehabt hätte, wäre ich dir gestern hinterhergerannt. Darf ich dein Handgelenk küssen?«, fragte er in lockerem Plauderton.

»Mein Handgelenk?«

»Oder deinen Mund, wenn dir das lieber ist. Ich bin da flexibel.« Wieder dieses unwiderstehliche Lächeln. Wo war ich da nur hineingeraten?

»Such es dir aus.« Zum Glück lag ich noch, denn ich fühlte mich ganz merkwürdig.

Er beugte sich zu mir herunter und küsste mich ganz sanft auf die Lippen. Danach nahm er behutsam meine Hand in seine und küsste die Innenseite des Handgelenks. Damit hatte ich nicht gerechnet. Ich hatte angenommen, der legt da gleich mit Zunge und dem vollen Programm los. War ich enttäuscht? Nein, ganz bestimmt nicht! Im Gegenteil! Aber ich hätte es ihm auch nicht übelgenommen, wenn er sich mehr Freiheiten herausgenommen hätte.

»Was hat dir besser gefallen?«, fragte er schein-heilig.

»Weiß nicht. Mach's nochmal.« Ich setzte mich auf, sah ihm in die hellgrauen Augen und fügte hinzu: »Weißt du was? Vergiss den Quatsch, den ich vorhin über Liebe gesagt habe. Ich hatte keine Ahnung, wie schnell man sich verlieben kann.«

»Du hast doch gar nichts übers Verlieben ge-sagt.«

»Aber gedacht«, gestand ich verschämt und war endgültig verwirrt.

Wie immer in wichtigen Augenblicken klingelte ein Mobiltelefon. Seines.

»Ich bringe ihn um«, murmelte Darrel nach ei-nem kurzen Blick auf das Display. »Erst foltere ich ihn, und dann bringe ich ihn um.« Er nahm den Anruf entgegen.

***

»Ich will kein Spielverderber sein, aber wenn ihr jetzt nichts esst, kippt ihr nachher von der Bühne«, stellte Maggie sachlich fest. »Und wenn ihr erst kurz vor dem Gig eine große Mahlzeit esst, kotzt ihr von der Bühne.«

Socks schob mit dem Löffel den Eintopf auf sei-nem Teller hin und her und war mit den Gedanken ganz weit weg. *Wie hieß nur gleich diese Dunkelhaa-rige aus Kensington?* Und wie kam er nur dazu, sich nach der langen Zeit an sie zu erinnern?

»Wo bleibt eigentlich Darrel?« Maggie packte schwungvoll, aber ohne zu kleckern, eine Kelle voll Lammeintopf auf den Teller ihres Mannes. Sean ließ es geschehen und blickte erwartungsvoll zu James, der die Antwort wissen musste.

»Was schaust du mich so an?« James hielt Maggie seinen Teller hin, und wieder klatschte etwas von der dicken Masse ohne Verluste ins Ziel. Sie hatte offensichtlich zu viele Kartoffeln hineingeschnippelt. Der Eintopf hatte die Konsistenz eines Breis.

»Er trifft sich mit einem Mädchen und wollte spätestens um sechs wieder hier sein.« Socks schob einen Löffel voll Matsch in den Mund. Das Zeug schmeckte erheblich besser, als es aussah. Was andererseits keine Kunst war.

»Darrel? Mit einem Mädchen? Na, wenn du das sagst … – Ich will kein Spielverderber sein, aber sechs ist zu spät zum Essen. Da müssen wir doch los! Ruf ihn an! Das Mädchen kann mitkommen, sofern es existiert und nicht einer deiner Witze ist. Es ist genug übrig.« Maggie blickte zufrieden in den riesigen Topf.

»Wenn nicht, schütte einen Liter Wasser dazu und salze nach. Das geht dann immer noch als Eintopf durch.« Dylan ging theatralisch in Deckung, aber Maggie lachte nur.

»Ich nehme das als Kompliment für meine Kochkunst. Das musst du erst mal so dick hinbekommen, ohne dass es anbrennt«, sagte sie zufrieden und nutzte die Gelegenheit, um Socks noch einen Nachschlag zu verpassen, während der am Fenster stand und telefonierte.

»Hey!«, rief er, doch das half nichts.

»Essen, kippen oder kotzen – entscheide dich!«, war Maggies trockener Kommentar.

»Er ist unterwegs.« Socks steckte das Telefon weg und nahm den Kampf mit dem Tellerinhalt auf.

»Und?« Dylan schaut ihn erwartungsvoll an.

»Was und?«

»Kommt irgendein Mädchen mit?«, formulierte Maggie Dylans Frage für anwesende Geistesabwesende verständlich um.

»Nein, sie will zwischendurch nach Hause und kommt danach direkt zum Gig.«

»Hat sie auch einen Namen?«

»Ja.«

»Soll das witzig sein?«

»Nein, sorry! Sie heißt Lou.«

»Schließlich muss ich mich nachher ein bisschen um sie kümmern. Will noch jemand?« Maggie blickte fragend in die Runde und ließ, als heftiges Kopfschütteln als Antwort kam, die Kelle in den riesigen Topf zurückgleiten, der der Einfachheit halber mitten auf dem Tisch stand.

»Halt ihre Hand! Das wird ein Schock für sie!« Dylan grinste. »Die erwartet bestimmt einen romantischen Stehgeiger mit Begleitorchester.«

»Ich singe nämlich nur, weil ich nichts anderes kann und als Einziger Zeit dafür habe«, ergänzte Socks.

»Warum sollte Darrel ihr solchen Unsinn erzählen?« Maggie zog die Augenbrauen hoch und wirkte dadurch noch gouvernantenhafter als sonst.

»Das haben wir ihr erzählt. Mehr oder weniger. Irgendwie mussten wir sie ja unterhalten, nachdem Darrel am Tisch eingepennt war.«

»Was habt ihr mit dem armen Jungen bloß wieder angestellt!«

Sean ergriff ihre Hand. »Der *arme Junge* ist ein erwachsener Mann, der selbst Mist bauen kann und niemanden braucht, der ihn dazu anstiftet. Dass er mangels Körpermasse weniger verträgt als die anderen, müsste ihm inzwischen bekannt sein. Schließlich testen sie das fast jedes Wochenende aus. Nur weil er bei flüchtigem Hinsehen wie ein Teenager wirkt, musst du ihn nicht wie einen behandeln.«

***

Was trägt man bei einem Pseudokonzert einer unbekannten Band in einem Pub? Ratlos stand ich vor dem Kleiderschrank und grinste, als mir der berühmte Satz einfiel: Ich habe nichts anzuziehen! Eigentlich war ich in ersten Linie deshalb nach Hause gefahren, um nicht schon wieder mit dem dämlichen Rucksack auszugehen. Aber ich musste mich auch wärmer anziehen, weil die Nächte bereits sehr kühl waren. Vor allem musste ich etwas essen! Darrels kryptische Einladung in seine Wohnung, wo die Frau seines Bandkollegen und Vermieters Eintopf gekocht hatte, hatte ich ausgeschlagen. Bei solchen Dingen konnte ich manchmal schrecklich schüchtern sein. Ich hätte einfach nachfragen und mir die Zusammenhänge näher erklären lassen sollen. Mir fiel Darrels Satz über die verpassten Chancen wieder ein. Wie recht er doch hatte.

Ich aß in der Küche schnell ein paar ungezuckerte Haferkekse und trank einen großen Becher Grüntee, während ich in Gedanken meinen Kleiderschrank durchging.

Viel Zeit hatte ich nicht mehr. Ich musste unbedingt rechtzeitig im Pub sein, bevor sich der Raum vor der Bühne füllte, hatte mir Darrel eingeschärft.

Ich entschied mich für schwarze Jeans, ein graublaues T-Shirt und einen schwarzen Pullover, den ich mir um die Hüften binden konnte, falls es drinnen zu warm wurde. Ich hinterließ Julia, die heute arbeitete, die Nachricht, ich sei mit Freunden unterwegs, und fragte mich auf dem Weg zur Haltestelle, ob sie das überhaupt interessierte.

Nach Hausnummern suchte ich natürlich wieder einmal vergeblich, aber in der Straße gab es nur einen Pub. Trotzdem wurde ich stutzig, als ich die ganz normale Kneipeneinrichtung erblickte. Hier war sogar vor der Bar nicht viel Platz zum Stehen. Wo befand sich die Bühne mit dem sich zu füllenden Raum davor? Die Gäste saßen an Tischen und ein paar schauten kurz auf, als ich hereinkam.

Hinten links stand rutschsicher aufgestapeltes Mobiliar, und ich sah James, der auf der freien Fläche daneben gelangweilt Pirouetten drehte und dabei die Hände in den Hosentaschen hatte. Ja, hier war ich offensichtlich richtig. Ich ging zögerlich auf ihn zu.

Ein Typ, der hinter der Bar herumgelümmelt hatte, kam zu mir. »Du bist früh dran. Gehörst du zu einer der Bands? Andersfalls kostet es heute zwei Pfund.« Er deutete auf ein Schild, das für Samstage Live-Musik versprach, und hielt mir eine nicht verplombte Sammelbüchse vor die Nase. Ich gab ihm das Geld, ohne lange über die Definition der Bandzugehörigkeit nachzudenken, und er wünschte mir viel Spaß.

Als ich mich James näherte, kapierte ich auch endlich, dass der Pub L-förmig war, und sich die kleine Bühne hinten weiter rechts befand. Dort standen Socks und Dylan wie bestellt und nicht abgeholt herum und diskutierten mit einem Mann, den ich nicht kannte.

Ich sagte »Hi!« zu James, was ihn wortwörtlich aus dem Gleichgewicht brachte.

Er konnte sich gerade noch abfangen, behielt aber tapfer die Hände in den Taschen. »Hi! Dort drüben ist Maggie. Sie weiß Bescheid und passt auf, dass du nachher nicht abhandenkommst.«

Das klang ja vielversprechend!

Eine kleine, dunkelhaarige Frau kam auf mich zu und streckte mir schon von weitem ihre Hand entgegen. Ich machte es ihr nach, und während sie meine fast ein wenig zu energisch drückte, stellte sie sich vor: »Ich bin Maggie. Du bist sicher Lou. Da drüben steht mein Mann Sean. Die anderen kennst du. Ja? Sie machen gleich den Soundcheck, sofern bei dem Equipment überhaupt die Rede davon sein kann. Darrel ist nüchtern, was für sich gesehen ein gutes Zeichen ist, aber jetzt melden sich die Nerven. Darrel!« Sie drehte sich zu den anderen, deutete mit dem Finger demonstrativ auf mich und ließ mich stehen.

Ich fühlte mich in dem Moment heillos überfordert und näherte mich mit unsicheren Schritten der Bühne.

Jetzt, da Darrel aufstand und sich den Staub von der Hose klopfte, sah ich ihn erst. Er trug einen schwarzen Hut, hatte in einer Ecke gesessen und war von Sean verdeckt worden, der mir mit einer lässigen Handbewegung sozusagen zuwinkte. Wir waren hiermit anscheinend offiziell einander vorgestellt worden und sprachen uns von nun an vermutlich mit dem Vornamen an. Oder? Keine Ahnung!

Darrel kam die schmalen Stufen herunter, die seitlich auf die Bühne führten, und lächelte mich verlegen an. »Vielen Dank, dass du gekommen bist.«

»Danke für die Einladung«, flüsterte ich.

Maggie düste an uns vorbei, sprang leichtfüßig die Stufen hoch, hielt dann aber inne und beugte sich zu uns herunter. »Du musst ihn umarmen und ganz fest an dich drücken! Das beruhigt ihn, weißt du?«

Darrel wurde wie auf Kommando rot.

Ich vermutlich auch.

Socks setzte sich vor uns auf den Rand der Bühne, ließ die Beine herunterbaumeln und klebte sich ein Nikotinpflaster auf den Oberarm. »Los, mach schon! Man muss tun, was Maggie sagt, sonst erklärt sie einem die Gründe. Und glaub mir, die sind in eurem Fall bestimmt total peinlich.« Er lachte gehässig und betrachtete uns so interessiert wie ein Naturforscher zwei Exemplare einer besonders drolligen Spezies. Doch er hatte nicht lange Freude an seinem Logenplatz.

Maggie tippte ihm auf die Schulter. »Aufstehen!« Sie deutete auf den Ständer mit dem Mikrofon. »Los! Stell dich hin und sing da rein, wenn du dazu aufgefordert wirst!« Und zu mir gewandt: »Jetzt drück ihn schon, damit wir weitermachen können! Das erinnert uns Menschen an die Enge im Mutterleib und beruhigt uns!«

Socks hatte recht gehabt. Die Begründung war tatsächlich total peinlich! Während die anderen ihrer Heiterkeit freien Lauf ließen, nahm ich den knallroten Darrel in die Arme. Hoffentlich war Maggie nun zufrieden mit mir. Ich hatte sie nämlich spontan gern und wollte einen guten Eindruck machen.

3. Nachlese

Nachdem er schnell geduscht und sich umgezogen hatte, kam Sean die Treppe zum Probekeller herunter. »Hi! Wo sind Dylan und Darrel?«

Socks stellte seine berühmte Unschuldsmiene zur Schau. »Dylan hat nach dem Gig spontan eine neue Bekanntschaft geschlossen und möchte sie im Laufe des späten Abends weiter vertiefen. Und Darrel und Lou befolgen in Darrels Schlafzimmer vermutlich weiterhin Maggies Anweisung, weil sie keinen weiteren Ärger mit ihr möchten.«

Maggie düste gerade zur Tür herein und schenkte ihm einen vernichtenden Blick. »Blödsinn! Die sitzen auf der Couch im Wohnzimmer, trinken Tee und unterhalten sich ganz gesittet. Außerdem konnte ich nicht ahnen, dass die sich kaum kennen. Normalerweise schleppt Darrel bei einem Gig keine frische Eroberung an, sondern Dylan und du schleppt nach dem Gig die frischen Eroberungen ab. Für mich war das also Neuland. Ich will kein Spielverderber sein, aber wir sollten nachher zumindest Darrel und Lou dazurufen. Wir können mit der Nachbesprechung nicht warten, bis Dylan seine Hose und den Weg nach Hause findet, sondern müssen darüber reden, solange die Erinnerung noch nicht verblasst ist.«

»Lass die beiden doch da oben sitzen«, meinte James.

»Ja, mit der ist er genug gestraft!«, pflichtete Socks ihm bei. »Da braucht er nicht auch noch eine Nachbesprechung des beschissensten Gigs unserer Bandgeschichte.«

»Okay, dann fassen wir mal zusammen: Was ist gut gelaufen?« Sean blickte in die kleine Runde. Socks und James schauten betreten zu Boden.

»Der Pub war gut besucht«, antwortete Maggie, »und blieb es auch.«

»Ja, das stimmt.« Sean grinste. »Und einige haben auch fleißig *The Bonnie Banks of Loch Lomond* mitgesungen. Das muss man ihnen lassen. Allerdings langsamer als Socks und auch dann noch, als wir längst *Moonlight in a Pot* spielten.«

»Schaut mich nicht an!« James tat empört. »Ich kann auch nicht mehr tun, als auf die verdammten Dinger einzuprügeln. Wenn das aber schon meine Bandkollegen nicht sonderlich kratzt, kann ich den Pubgästen keinen Vorwurf machen.«

»Ich war irritiert, weil Darrel plötzlich nach hinten ging«, rechtfertigte sich Socks. »Ich dachte, er braucht das nicht mehr, wenn er jetzt neben Sean steht und seine Zeichen sehen kann. Da folgte ich versehentlich kurz dem Takt der Sänger im Publikum. Als er beim nächsten Song wieder urplötzlich rückwärtsging, rannte er fast Dylan über den Haufen. Wozu macht er den Quatsch?«

»Huch?« Sean war ehrlich erstaunt. »Darrel konnte ja nicht anders, nachdem du deinen Einsatz komplett verpennt hattest.«

»Ich verstehe nur Bahnhof!«, erklärte James mit einem strahlenden Lächeln.

»Also aufgemerkt und zugehört! Hier kommt der Augenzeugenbericht eines Beteiligten, der im Nachhinein lieber unbeteiligt gewesen wäre: Darrel spielte bei *Cheerio, Miss Sophie* nach der zweiten Strophe sein Solo. Socks verpennte seinen Einsatz, weil er währenddessen dümmlich-cool ins Publikum grinsen und noch cooler herumlümmeln musste und daher nicht auch noch gleichzeitig singen konnte. Darrel improvisierte panisch ein paar Takte. Ich stellte das Spielen lieber gleich ganz ein. Darrel deutete mit dem Kopf in deine Richtung, verdrehte die Augen und schaute dann demonstrativ auf sein Instrument. Ich gab ihm mit einem Nicken das Okay für eine zweite Runde Solo und hoffte, dass Socks dadurch aus seinem mentalen Schönheitsschlaf erwacht. Darrel ging drei kleine Schritte nach hinten, um mir das Einsatzzeichen zu geben. Schließlich wollte ich zur Abwechslung auch mal wieder mitspielen dürfen. Dort hüpfte Dylan gerade unkontrolliert durch die Gegend und sprang geistesgegenwärtig zur Seite. Sonst hätte es ein Unglück gegeben.« Sean verdrehte theatralisch die Augen. »Ich möchte ja gern mit euch in die Zeitung kommen, aber doch nicht auf diese Weise!«

»Darrel gibt dir Einsatzzeichen? Seit wann?« Socks war erstaunt.

»Seit Jonas aus der Band ausgestiegen ist. Die Frage ist nicht dein Ernst, oder?«

»Er geht rückwärts, du nickst dabei, er geht wieder nach vorn. Frage: Wer gibt da wem ein Zeichen?«

»Er mir.«

»Echt jetzt?«

»Na, hör mal! Du schreibst doch die komplizierten Nummern mit Rhythmuswechseln und Kunstpausen, bei denen wir uns abstimmen müssen.«

»Das Ende der Pause gibt doch James vor!«

»Seit wann?« James lachte. »Das kann ich nur dann, wenn ich dich laut anzählen darf. Und das magst du mitten im Song nicht.«

»Ich fühle mich dann immer so ausgezählt und völlig am Boden.« Socks grinste verlegen.

»Deshalb warte ich, bis Darrel zurückgeht, und mache mit, wenn er den Schritt nach vorn geht. Schließlich habt ihr keine Rückspiegel an euren Instrumenten.« James blickte mit Unschuldsmiene zur Decke.

»Und was bedeutet dein Nicken, Sean?«, wollte Socks wissen.

»Das heißt: *Ich sehe dich.*«

»Klar siehst du ihn.«

»Nicht, wenn ich gerade ins Publikum gucke.«

»Machen das alle Bands so?«

»Woher soll ich das wissen? Wir haben es eben so abgesprochen, und es funktioniert. Zumindest dann, wenn kein vorübergehend unterbeschäftigter Geiger im Weg ist. Vielleicht sollten wir das überdenken, bevor es noch Schwerverletze gibt.«

»Ich will kein Spielverderber sein, aber Socks und ich sollten ein Zeichen vereinbaren, wann er tatsächlich ein Stichwort von mir braucht.« Maggie blickte Socks streng an. »Und ihr solltet mir die Texte mal geben, damit ich sie lernen kann. Bei den neuen Sachen bin ich noch nicht textsicher.«

»Wenn ich ein Stichwort brauche, schaue ich zu Sean. Bei dir hole ich mir mehr so die Rückversicherung, weil du die ganze Zeit leise mitsingst.«

»Ich singe nicht. Ich bewege nur die Lippen, weil du mich ständig ansiehst. Ich kann überhaupt nicht singen.«

»Heute habe ich aber höchstens zweimal zu dir gelinst.«

»Dylan und du habt andauernd in meine Richtung gegafft und dümmlich gegrinst. Mich hat das ganz nervös gemacht.«

»Ach, das meinst du! Wir haben uns über Lous Gesicht amüsiert. Dieses höflich interessierte Lächeln hielt sie nicht immer durch. Manchmal blickte sie nur ratlos vom einen zum anderen, aber zwischendurch zuckte sie regelrecht zusammen, und man sah ihr förmlich die Frage ins Gesicht geschrieben: Ist das Musik, oder kann das weg?«

»Ich will kein Spielverderber sein, aber wenn ihr euch mehr auf eure Aufgaben konzentriert hättet, hätte sie keinen Grund für dieses Mienenspiel gehabt. Ich frage mich ernsthaft, was euch beiden heute wichtiger war«, stellte Maggie sachlich fest.

»Also sind Dylan und ich schuld?« Socks lachte schallend. »Es ging doch noch mehr schief! James zum Beispiel kam einmal satt aus dem Takt. Das gab es noch nie!«

James ließ sich nicht beirren. »Ja, bei *Mayhem in May*. Da kam Dylan plötzlich ins Straucheln und wäre um ein Haar in meine Drums gefallen. Leider bin ich zu sehr Amateur, um das souverän wegzustecken, aber ich arbeite an mir. Versprochen!«

»Sorry. Habe ich nicht mitbekommen.«

»Ich sage doch: Ihr habt da vorn keine Rückspiegel. Wie soll ich euch dann lautlos Zeichen geben? Ich kann dankbar sein, wenn mich kein hopsender Geiger vom Hocker reißt.«

»Ich werde morgen ohnehin mit Dylan sprechen«, erklärte Sean. »Wenn er nämlich öfter sein Handtuch benutzt, verrutscht ihm die Geige nicht so leicht. Dieses schrille Quieken geht einem durch Mark und Bein. Ihm das Tanzen auszureden, damit er weniger schwitzt, ist hingegen aussichtslos. Aber wir sollten uns vielleicht doch wieder umgruppieren. So ganz gefällt mir das nicht mit dem Sänger links.«

»Links? Ich stehe doch rechts!«

»Von uns aus gesehen links. Und euer Gehampel muss auf so engen Bühnen unbedingt weg vom Schlagzeug. Ich überlege mir da mal was.« Sean machte sich eine Notiz.

»Wenn wir tanzen, verpassen wir unseren Einsatz nicht so oft«, erklärte Socks. »Wir spüren dann die Melodie und wissen instinktiv, wie es weitergeht.«

»Manchmal frage ich mich, ob es nicht besser wäre, wenn ihr alle Noten lesen könntet«, bemerkte Sean trocken. »Das wäre weniger gefährlich.«

»Wie stellst du dir das vor?« Socks lachte. »Steht dann vor jedem ein Notenständer, und wir spielen und singen brav vom Blatt? Und da ich der Einzige bin, der die Hände frei hat, springe ich wild herum und blättere bei allen die Seiten um?«

»Wie machen das denn die Musiker im Orchester? Wer blättert bei denen?«, fragte James interessiert.

Sean runzelte die Stirn. »Die spielen vermutlich nicht immer alle, sondern mehr abwechselnd und haben zwischendurch Zeit dafür. Aber so genau habe ich mich damit nicht auseinandergesetzt.«

Doch James schien das Thema zu beschäftigen. »Wie wohl Noten fürs Schlagzeug aussehen? Zumindest würde es nicht groß auffallen, wenn die keiner umblättert.«

»Na, ganz so eintönig, wie du tust, ist dein Getrommel auch wieder nicht. Wie weißt du, wann du die Schläge wechseln musst?«

»Ich mache das mehr so nach Gefühl, wenn ich denke, dass es an der Zeit ist. Wenn ich die Beats auf dem Papier vor mir hätte, würde ich mich garantiert verzählen oder in der Zeile verrutschen. Aber es käme auf einen Versuch an. Ich bin für alles offen und meckere hinterher lauthals.«

»Ich glaube, das lassen wir lieber. Sonst noch etwas?« Sean blickte Socks fragend an.

»Ja. Ich habe absolut keine Ahnung, was ich bei *Cheerio, Miss Sophie* zusammengesungen habe, aber im Nachhinein habe ich ein ungutes Gefühl, weil Dylan plötzlich aus der zweiten Stimme ausgestiegen ist und blöde geglotzt hat.«

»Das ist mir auch aufgefallen«, stimmte ihm Maggie zu. »Ich bin keine Expertin für Gesang, aber wenn ich es richtig überblicke, sang Darrel als zweite Stimme die drei verschiedenen Varianten des Refrains und du immer nur die, die zur ersten Strophe gehört. Eigentlich ist das eine tolle Idee. Es klang sehr hübsch. Ihr solltet das in Zukunft immer so machen, nur natürlich mit vertauschten Rollen.«

»Erstaunlich, wenn man bedenkt, dass der Song von dir selbst stammt.« Sean sah Socks verwundert an. »Ich glaube nicht, dass Darrel da mitmacht, aber verbuchen wir das für heute mal als kreativen Pluspunkt.« Er klappte sein Notizbuch zu.

***

Die Band hatte kein Auto. Eigentlich unvorstellbar, wie sie ihre Siebensachen trotzdem souverän durch die Stadt bugsierten, aber die Methode war simpel und genial – und nur etwas zeitaufwendig. Zwei fuhren mit U-Bahn oder Bus voraus, nahmen mit, was sie gut tragen konnten, und meldeten sich telefonisch, wenn sie am Ziel angekommen waren.

James bestellte ein Taxi, verstaute mit den anderen die größeren Stücke darin, quetschte sich dazu und wurde am Zielort von den Vorausfahrenden in Empfang genommen, während die übrigen Mitglieder mit leichteren Teilen per U-Bahn oder Bus noch unterwegs waren.

Mir machte der Abend wirklich Spaß. Es wirkte zwar vieles anfangs etwas chaotisch auf mich, was zum Teil auch am Publikum lag. Es grölte irgendein Lied, das offensichtlich jeder außer mir kannte, aber es war zumindest bei der Band klar zu erkennen, dass der Wahnsinn Methode hatte. Nur ab und zu war ich mir nicht sicher, ob Band oder Publikum den größeren Radau veranstaltete.

Ich stand direkt vor der Bühne zwischen Maggie und den Stufen zur Bühne und hatte, wenn ich mich nach links drehte, sozusagen Socks' Knie vor

meiner Nase. Maggie, die sich mit stoischem Gesichtsausdruck und fast mechanisch wirkenden
Lippenbewegungen wie ein Wellenbrecher in der
Brandung keinen Zentimeter von der Stelle rührte,
vermittelte mir ein Gefühl der Sicherheit.

Für mich hatte sie zwar nach Beginn des Gigs
keinen Blick mehr übrig, aber man hätte sich bei
dem Lärm auch kaum verständigen können. Ich
hatte bereits bei normalen Umgebungsgeräuschen
manchmal ernsthafte Schwierigkeiten mit ihrem
Akzent.

Für den Rückweg nach Camden, einem anderen
Stadtteil von London, drückte mir Maggie wie
selbstverständlich eine schwarze Kiste mit Koffer-
griff und eine lange, wasserdichte Tasche, in der irgendwelche Metallstangen aneinanderschlugen, in
die Hände.

Auch Darrel schien nichts dabei zu finden,
wirkte aber nervlich sehr angeschlagen. Vermutlich fiel ihm deshalb gar nicht auf, dass ich streng-
genommen von niemandem an den mir unbekannten Zielort eingeladen worden war. Er lächelte
mich in der U-Bahn nur immer wieder müde an,
sagte aber nichts. Ich war froh, dass Maggie dabei
war, denn insgeheim befürchtete ich, er falle jeden
Moment in Ohnmacht.

Doch es ging alles so weit gut. Wir waren in
Camden zwischen der U-Bahn-Haltestelle und
Seans Haus erstaunlich flott unterwegs. Ich war
zwar nicht die Einzige, die gelegentlich zu Darrel
schielte, aber die Bewegung an der frischen Luft
schien ihm gutzutun. Er bekam langsam wieder

Farbe in die Lippen und wirkte nicht mehr so fahrig.

Maggie erklärte mir beim Gehen unaufgefordert die Wohnsituation, wofür ich ihr sehr dankbar war. Ich hätte von mir aus nie zu fragen gewagt.

Sean hatte das schmale, etwas heruntergekommene Stadthaus, das den obligatorischen Erker im Erdgeschoss besaß, vor Jahren von seiner Großmutter geerbt.

Es bestand aus drei kleinen Dreizimmerwohnungen, einem Dachboden und einer unbewohnten, nur teilweise ausgebauten Kellerwohnung mit separatem Eingang, was für Londoner Verhältnisse ungewöhnlich war, da alles vermietet wurde, in das es nicht extrem hineinregnete.

Anfangs hatten in den beiden unteren Wohnungen noch fremde Mieter gewohnt, und Sean hatte mit Socks und Dylan in der obersten eine WG gebildet. Die Kellerwohnung diente ihnen und Freunden von Sean schon damals als Proberaum. Als die mittlere Wohnung kurz darauf frei wurde, zog er mit Maggie dort zusammen, und sie heirateten.

James zog in die WG oben ein. Und anscheinend auch irgendwann Darrel. An dem Punkt war sie ein wenig vage, verdrehte die Augen und sprach vom *Matratzen-Outlet-Wohnambiente*. Als die Parterrewohnung frei wurde, wurden James und Darrel dort einquartiert, und die Zustände in der obersten Wohnung entspannten sich offenbar zunehmend.

»Trotzdem würde ich mich da nirgendwo hinsetzen, ohne vorher mit einem Hochdruckreiniger durchzugehen«, schloss sie ihren Bericht.

Warum sie in der Parterrewohnung Eintopf kochte, erwähnte sie leider nicht. Vermutlich war das wieder eine der Londoner Selbstverständlichkeiten, die keinen Halbsatz wert war. Ich nahm mir vor, Darrel nachher einfach rundheraus zu fragen. Langsam wurde ich mutig!

Wir luden den halben Hausstand, den wir mitgeschleppt hatten, im Probekeller ab, wo James und Socks schon fleißig auspackten und sortierten. Maggie und Darrel lotsten mich in die Parterrewohnung, wo sie uns auf die Couch verbannte und uns kurz darauf einen Pott mit starkem, schwarzem Tee nebst Bechern, Milchflasche, Zuckerdose und einer Packung Kekse vor die Nase stellte, bevor sie uns wortlos verließ. Sah man sich noch? Und wenn ja, wo und warum?

»Gehört die Küche nicht zu eurer Wohnung?«, fragte ich nach einer Weile vorsichtig.

Darrel verschluckte sich fast am Tee vor Lachen. »Doch. Aber Maggie ist dort trotzdem zu Hause. James und ich baten sie nach unserem Einzug, uns in die Geheimnisse des Kochens einzuweihen, weil das auf Dauer billiger ist. Anfangs kochten wir also zu dritt für uns und Sean, später abwechselnd allein und weiterhin für vier Personen. Da Maggie aber grundsätzlich zu viel einkauft, essen Socks und Dylan inzwischen regelmäßig mit, wodurch sie noch mehr einkauft, wenn wir sie nicht unter Androhung von roher Gewalt bremsen. Wir geben aber alle über die Miete Kostgeld ab. Sie bringt die Lebensmittel täglich von der Arbeit mit nach Hause, weil sie als Filialleiterin im Supermarkt Angestelltenrabatt bekommt. Irgendwann kaufte sie einen zweiten Tisch, weil einer einfach zu klein war, und weitere Stühle für Besucher, sodass unser Wohnzimmer immer mehr einer Kantine glich. Uns ist das egal, weil wir ohnehin keine Zeit und keinen Nerv haben, Möbel anzuschaffen. Und der zweite Tisch ist praktisch. Man muss nicht immer alles wegräumen, wenn es Essen gibt. Es reicht, wenn man es zur Seite schiebt. Danach hauen aber auch immer alle ab, und wir haben unsere Ruhe. Warum sie jetzt Tee gekocht hat, weiß ich echt nicht.«

»Du siehst krank aus, Darrel. Vielleicht darum. Geht es dir nicht gut?«

»Ich leide an Bühnenangst. Heute war es besonders heftig. Aber ansonsten ist alles okay bei mir.«

»Soll ich dich nochmal drücken?«

»Aber klar doch! Jederzeit! Ganz fest! Und nie mehr loslassen!« Er nahm mich auf seinen Schoß und legte seine Wange an meine. Engumschlungen saßen wir so auf der Couch.

»Was hast du morgen vor?«, flüsterte er nach einer Weile.

»Eigentlich wollte ich heute Abend noch ganz romantisch Wäsche waschen und die aus dem Trockner zusammenlegen, solange wir den Schlüssel zur Waschküche haben. Das mache ich dann wohl morgen.«

»Soll ich dir dabei ganz romantisch helfen?« Er schenkte mir wieder dieses strahlende Riesenlächeln, das mich immer total verunsicherte.

»Möchtest du mich besuchen?«

»Furchtbar gerne!«

»Okay. Genau das wollte ich hören. Du weißt, dass Julia und ich die Wohnung teilen, und ich in einer übergroßen Abstellkammer hause?«

Er lachte leise. »Nein, das wusste ich nicht.«

Ich erzählte ihm kichernd von der ungewöhnlichen Begegnung mit Socks, ließ aber dessen Bemerkung über Darrel aus. Wenn ich das Gesicht mit den zarten Linien und Konturen näher betrachtete, war ich mir plötzlich überhaupt nicht mehr sicher, ob Socks wirklich übertrieben hatte.

Darrel wirkte fragil und sehr verletzlich. Wen hatte ich mir da nur angelacht? Egal. Ich hatte die Krallen, mit denen ich mich selbst normalerweise schützte, längst eingefahren. Tief in meinem Innern wusste ich, dass ich sie bei ihm nicht brauchte.

Die Wohnungstür wurde vorsichtig geöffnet.

»Lasst euch nicht stören!«, rief James munter. »Ich dusche nur schnell, weil Socks und ich noch was trinken gehen.« Und schon war er verschwunden.

Ich setzte mich wieder artig neben Darrel. Was war ich doch für eine prüde Gans!

Der schnupperte gerade an seinen Achseln und meinte zerknirscht: »Ich glaube, ich gehe nach ihm auch duschen.«

»Es geht noch. Keine Bange.«

Er zwinkerte mir zu und lachte. »Du weißt ja: Die richtig Abgebrühten sind die, die nicht einmal rot werden beim Lügen.«

»Erwischt! Ich will eben nicht am Ende die einzige Ungeduschte in dieser Wohnung sein.«

»Apropos Lüge aus Höflichkeit: Wie war denn unsere musikalische Katastrophe für dich? War zufällig etwas dabei, das dir gefallen hat?«

»Deine bordeauxroten Hosenträger, dein Hut, und ich finde euren Bandnamen witzig: *Socks, Cheese & Mayday*.«

»Na, das ist doch eine ganze Menge! Damit habe ich nicht gerechnet. Wir suchen seit der Umgruppierung noch immer einen besseren Namen, weil der jetzige Socks nicht gefällt, aber solange wir so was abliefern wie heute, hat das überhaupt keine Eile.«

»Und James hat wunderschön Schlagzeug gespielt. Das Banjo ging teilweise etwas im schrillen Gefidel unter. Was ich davon mitbekam, gefiel mir aber fast so gut wie deine Hosenträger.«

»Ich bin gerührt! Heute hat nicht viel gefehlt, und ich hätte Socks das Banjo um die Ohren gehauen. Dann hätte ich gleich zwei Probleme weniger und könnte mich musikalisch neu orientieren.«

»Was war das eigentlich für ein Lied, das die Verrückten hinter mir gesungen haben?«

»Stimmt, du bist ja die ganze Zeit mit dem Rücken zur Bühne gestanden! Dann kann ich dir gern die Setlist geben«, neckte er mich.

»Du Spinner weißt genau, welche Spinner ich meine.«

»Sean hält es für eine geniale Idee, mit einer flotten Coverversion eines schottischen Traditionals zu eröffnen, weil das schlagartig Stimmung in die Bude bringt. Außer es sind zu viele besoffene Schotten anwesend. Dann geht es so gründlich schief wie heute. Wir spielen das Teil übrigens viel schneller als üblich, was offensichtlich niemanden sonderlich gestört hat. Die haben einfach stur in ihrem Tempo gesungen. Deshalb sind wir längst beim nächsten Song gewesen. Hat die ebenfalls nicht gestört. Es ist immer beruhigend, wenn die Band dem Publikum nicht im Weg ist. Man will ja nicht aufdringlich sein.«

»Das ist ein schlechter Start.«

»Ach, das ist gar nichts. Wenn wir uns Mühe geben, können wir noch schlechter sein, wie wir anschließend bewiesen haben.«

James kam aus dem Bad, hielt sich die Hände wie Scheuklappen ans Gesicht und rief: »Keine Angst! Ihr müsst nicht hastig in die Hosen schlüpfen! Ich guck nicht!«

Darrel lachte. »Nimm mal lieber die drei Flaschen unter der Spüle mit, wenn du zu Socks hochgehst.«

»Meinst du den Rohrreiniger?«

»Den auch. Mal sehen, ob er den Unterschied schmeckt.«

James kam mit drei Flaschen aus der Küche, deren Inhalt verdächtig nach Whisky oder einer ähnlichen Spirituose aussah. Eine war angebrochen. Die anderen voll. »Meinst du die?«

»Ja.«

»Alles klar. Schönen Abend noch!«

»Euch auch!« – »Gleichfalls!«, antworteten wir.

Als James weg war, fragte ich Darrel gespielt interessiert: »Wie viele Wetten verlierst du denn so an einem durchschnittlichen Wochenende?«

»Du irrst dich. Dein Wert ist nur inzwischen erheblich gestiegen.«

»Ich fühle mich äußerst geschmeichelt.«

»Ich bin eben ein Charmeur.«

»Du willst das Zeug los sein?«

»Ja.«

»Fällt es dir schwer?«

»Es war ungewohnt vorhin. Aber es ist nicht unmöglich. Wirklich geholfen hat es gegen meine Bühnenangst auch nicht. Das habe ich mir nur eingeredet.«

»Warum trittst du überhaupt auf, wenn es dir so viel Angst macht?«

»Weil ein kleines Teufelchen in meinem Kopf das so will.« Er lachte verlegen. »Ach, keine Ahnung. Vielleicht, weil ich nichts anderes vorzuweisen habe. Ich möchte, dass am Ende von meinem Schaffen mal etwas Schönes übrigbleibt, das nicht aus Wollstoff ist.«

»Versteh mich nicht falsch. Ich will es dir nicht ausreden.«

»Keine Angst. Das kannst du nicht.«

Nun wirkte er gar nicht mehr so fragil.

***

»Mit den besten Wünschen aus der Suppenküche!« Nach einer theatralischen Verbeugung überreichte James die drei Flaschen.

Socks zeigte ein dummes Gesicht. »Eine hatten wir vereinbart.«

»Er macht offensichtlich wirklich ernst. Und ich trinke das harte Zeug auch nicht. Also dann: Ruinier dir die Leber auf Darrels Wohl. Cheers!«

»Die Frau hat ihn ja fest im Griff.«

»Glaub ich nicht, dass Lou dahintersteckt. Er war heute Vormittag schon so komisch und fragte mich, wie es ist, stocknüchtern auf der Bühne zu stehen. Meine Antwort, dass ich das nicht weiß, weil ich sitze, hat ihn nicht so ganz zufriedengestellt, fürchte ich.«

»Als er noch vorher getrunken hat, war er jedenfalls anschließend nicht so blass um die Nase.«

»Ihm fehlen die Kalorien. Ich trinke da hinten gemütlich Ginger-Ale zwischen den Songs. Aber Kohlensäure ist keine gute Idee, wenn man singen muss.«

»Das würde seinem Softie-Image gründlich schaden.« Socks grinste bei der Vorstellung, wie Darrel als zweite Stimme beim Refrain aus tiefstem Herzen ins Mikrofon rülpst, Maggie kein Spielverderber sein möchte, es aber trotzdem für keine gute Idee hält, und Lou vor Entsetzen in Ohnmacht fällt. Aber eigentlich hatte er nichts gegen Lou. Er wusste selbst nicht, warum er so fies über sie sprach.

»Komm, mach schon, wir wollen doch los!« James nahm ihm die Flaschen wieder ab und stellte sie neben den Eingang auf den gefliesten Boden.

Dass das keine gute Idee gewesen war, merkte Socks noch in derselben Nacht, als er beim Heimkommen eine davon schwungvoll umstieß, sodass die Wohnung noch tagelang wie eine schottische Destille roch.

Maggie wird sich freuen, dachte er. *Sie droht uns doch immer damit, hier mal kräftig den Boden zu desinfizieren.*

4. Verstand und Gefühl

Es war spät geworden, weil wir uns über Theater und Museen unterhalten hatten, von denen es in London mehr als genug gab, und ich hatte mir nachts ein Taxi genommen.

Als ich am anderen Morgen endlich den Weg aus dem Bett fand, war es nach zehn und Julia schon mitten in ihrem sonntäglichen Schönheitsprogramm. Unser Badezimmer wirkte zwar wesentlich schäbiger als die Parfümerie, in der sie arbeitete, führte aber scheinbar das gleiche Sortiment.

»Kann ich bitte mal zwischendurch kurz rein?«, fragte ich durch die verschlossene Tür.

»Oh, bitte verkneif es dir noch einen Moment. Ich nehme gerade ein Ölbad, und Haarkur und Maske brauchen noch zwei Minuten.«

Ich hätte das auch auf Deutsch nicht verstanden, aber das bedeutete offensichtlich Nein. Und es dauerte natürlich wesentlich länger als zwei Minuten, bis sich endlich der Schlüssel im Schloss drehte, und Julia im Bademantel und dem obligatorischen Handtuchturban auf dem Kopf in der Tür erschien.

Ich flitzte an ihr vorbei, bevor sie es sich anders überlegen konnte, und ging anschließend noch kurz unter die Dusche. Um ein Haar wäre ich in der Badewanne ausgerutscht, über der der Duschkopf befestig war. Sie war von einer rätselhaften, merkwürdig riechenden Schleimschicht überzogen, die

71

sicherlich unter das Kriegswaffenkontrollgesetz fiel.

»Hey! So war das nicht abgemacht!« Julia klopfte heftig an die Tür.

»Bitte verkneif dir noch einen Moment, was auch immer du hier den Rest des Vormittags vorhast. Meine Zahncreme muss noch drei Minuten einwirken.«

»Ich suche mir ein Brecheisen und ein großes Messer und zähle bis drei.«

»Zum Glück kennst du dich in deiner eigenen Küche nicht aus und brauchst dafür länger als ich hier im Bad.«

Als ich die Tür öffnete, saß sie gemütlich am Küchentisch, las in einer Zeitschrift und hatte das große Fleischmesser in der Hand. Manchmal konnte sie tatsächlich witzig sein.

»Du kannst wieder rein«, sagte ich zu ihr. »Ach, und macht es dir was aus, wenn Darrel nachher kommt und für uns drei kocht?«

»Welche drei?«

»Dich, mich und sich.«

»Oh! Ich bin eingeladen?«

»Ist schließlich deine Küche.«

»Das ist furchtbar nett von euch.«

»Einverstanden?«

»Ja, klar. Warum kocht er mittags?«

»Keine Ahnung. Frag ihn.«

Ich ging zurück in mein Zimmer und zog mich an. Da klopfte sie an die Tür.

»Komm rein!«

Sie streckte den Kopf herein. »Wer ist eigentlich Darrel?«

»Der Typ von Freitagabend, der erst neben dir und dann neben mir saß.«

»Ach, der kleine, schmächtige Rotschopf, der eingepennt ist?« Ihr Erstaunen schien echt zu sein.

»So kann man ihn natürlich auch beschreiben.«

»Sorry! Schönheit liegt im Auge des Betrachters.« Sie lachte meckernd und verzog sich wieder.

Ich blickte verdutzt auf die geschlossene Tür. Letztendlich hatte sie mir damit gerade erklärt, was jemand wie Darrel an jemandem wie mir fand. Er hatte offensichtlich in Bezug auf Frauen einen miesen Geschmack. Gut für mich! Ich wählte seine Nummer.

Er meldete sich: »Hi!«

»Hi! Julia ist einverstanden und scheint sich zu freuen.«

»Super. Mögt ihr zwei gern was Pseudoindisches?«

»Ich ja, aber ich frage sie lieber.«

Julia schien tatsächlich begeistert zu sein, und Darrel und ich verabredeten uns für zwölf. Ich ging in die Küche, um mir einen Tee zu kochen.

Durch die Badezimmertür erklang Julias Stimme: »Sag mal, wohnen die zwei eigentlich zusammen?«

»Wer? Darrel und James?«

»Wer ist James?«

»Der dunkelblonde Typ, der am Freitag links von dir saß!«

»Nein, den meine ich nicht!«

»Wen dann?«

»Diesen Socks, oder wie der heißt!«

War sie sich tatsächlich bei seinem Namen unsicher, oder wollte sie nur Desinteresse heucheln? Ich wusste es ehrlich nicht. »Nein, der wohnt nicht mit Darrel zusammen, sondern mit Dylan!«

»Wer ist Dylan?«

»Willst du das wirklich wissen? Das ist der aus der Tischrunde, über den wir bis jetzt noch nicht durch die Tür gebrüllt haben!«

»Ach, der mit den blonden, halblangen Haaren! Ich erinnere mich wieder. Nimm dich bloß vor diesem Socks in Acht!«

»Warum?«

»Weil der nur Mist erzählt!«

»Okay! Danke für die Warnung!«

Er hatte sich also nicht mehr bei ihr gemeldet.

Ob das, was Darrel später fröhlich zusammenkochte, wirklich indisch war, konnte ich beim besten Willen nicht beurteilen, aber es war zum Glück nicht übertrieben scharf und schmeckte mir.

Anscheinend hatte ihm Maggie ausschließlich das Eintopfkochen beigebracht, und ich schielte mehrmals zu Julia, die meistens gar nicht kochte oder bei den seltenen Gelegenheiten dafür gleich sämtliche Herdplatten nebst Backofen brauchte und einen Berg Schmutzgeschirr produzierte.

Sie schien aber guter Dinge zu sein, fragte Darrel hemmungslos über seinen Arbeitsplatz und alle möglichen Details des Schneiderhandwerks aus und gab freimütig ihre eigenen Ansichten zum Besten. Um dem Gespräch wirklich folgen zu können, hätte ich ein Wörterbuch gebraucht. Ich gab rasch auf und lauschte stillvergnügt seiner Stimme, wenn er denn mal zu Wort kam.

Julia schüttete die Reste wie selbstverständlich in einen Gefrierbeutel und verstaute ihn im Eisfach. Es schien ihr also tatsächlich geschmeckt zu haben.

Darrel ließ Wasser ins Spülbecken laufen und kümmerte sich um den Abwasch. Leider war in der engen Küche kein Platz für eine Spülmaschine, sonst hätte ich uns längst eine spendiert.

Während er sich nützlich machte, verfrachtete ich im Gemeinschaftskeller die Wäsche aus der Waschmaschine in den Trockner und beschickte die Maschine neu. Schließlich waren wir genau deshalb hier und nicht bei ihm.

Die Waschküche stand Julia und mir leider nur etwa alle drei Wochen für drei Tage zur Verfügung, weil der Schlüssel immer weitergegeben werden musste. Anscheinend war in der Vergangenheit häufiger mal etwas weggekommen. Doch das war auf jeden Fall besser, als einen Waschsalon aufsuchen zu müssen.

Als ich in die Wohnung zurückkam, öffnete sich Julias Zimmertür, und sie winkte mich zu sich hinein.

»Was ist los?«, fragte ich erstaunt.

»Der kocht nicht nur, der wäscht auch ab!«, flüsterte sie.

»Ja, und? Wolltest du das etwa lieber selbst machen?« Ich flüsterte ebenfalls.

»Quatsch!«

»Was ist das Problem?«

»Ich habe kein Problem. Ich meine nur. Der legt sich mächtig ins Zeug. Und er singt!«

Tatsächlich: Aus der Küche war ein helles, klares *Hello, Goodbye!* von den Beatles zu hören. Einen kleinen Knall hatte er ja schon, aber der Abwasch wog tatsächlich einiges auf. Da hatte Julia völlig recht.

»Vermutlich geht er davon aus, dass das zum Kochen dazugehört«, flüsterte ich.

»Das Singen?«

»Das vielleicht auch. Jetzt sag mir bitte, worum es geht.«

»Hast du etwas da?«

»Habe ich *was* da?«

Sie verdrehte die Augen und drückte mir ein paar Kondome in die Hand. »Viel Spaß! Ich ziehe mich um und verbringe den Nachmittag bei Tina. Das hatte ich ohnehin vor.«

Sie schob mich regelrecht aus dem Zimmer, weil ich völlig verdattert auf die fünf Kondome in meiner Hand glotzte. Na, zumindest traute sie ihm einiges zu! Und offensichtlich schien sie anzunehmen, dass das ebenfalls zum Kochen dazugehörte. War das wieder eine der Londoner Selbstverständlichkeiten, von der ich noch nichts wusste?

Die Londoner Wohn- und Wetterverhältnisse trugen jedenfalls durchaus dazu bei, dass sie letztendlich recht behielt. Wenn an einem regnerischen Tag die Option *Picknick im Park* wegfiel, das Wohnzimmer der Zweizimmerwohnung zu Julias Schlafzimmer umfunktioniert worden war, und man nur die Wahl zwischen harten Küchenstühlen und einer weichen Bettkante hatte, war der Weg unter die Bettdecke nicht mehr weit.

Irgendwann hatte er mich mit seinem Lächeln, Schmusen und Flüstern so verwirrt, dass sich mein Verstand verabschiedete und ich ihm an die Wäsche ging.

Da wir uns offensichtlich damit abwechselten, in Gegenwart des anderen einzuschlafen, sah ich anschließend sofort ein, dass er diesmal wieder an der Reihe war. Wenn ich richtig informiert war, nannte sich das *postkoitale Müdigkeit* und war im Gegensatz zu meiner badetuchbasierten Müdigkeit im Hyde Park wissenschaftlich untersucht.

Er lag neben mir mit dem Rücken zur Wand und dem Kopf auf dem ausgestreckten linken Arm. Ich betrachtete seelenruhig sein Gesicht: den Mund mit den zarten Lachfältchen, die Nase mit den winzigen Sommersprossen, die hohen Wangenknochen, die langen, hellen Wimpern an den geschlossenen Augenlidern.

Auch auf den hellen Schultern hatte er ein paar Sommersprossen, schien sich aber nicht oft der Sonne ausgesetzt zu haben in diesem Sommer. Die Oberarme waren schmal, wirkten aber dennoch kräftig. Von den meisten Menschen wird unterschätzt, wie trainiert viele Musiker sind. Im Bereich seiner linken Armbeuge befanden sich direkt an den Venen mehrere winzige Narben. Ich zählte fünf. Es konnten aber auch mehr sein.

Mein Herz setze einen Schlag aus, um danach wie wild zu pochen. Fieberhaft suchte ich nach einer harmlosen Erklärung. Sämtliche berechtigte und unberechtigte Vorurteile gegenüber dem NHS, dem staatlichen Gesundheitssystem in England, schossen mir durch den Kopf. Hygienemängel in Krankenhäusern? Schlampige Ärzte und Pfleger? Oder hatte er irgendwann einmal an einer seltenen Krankheit gelitten, deren komplizierte Behandlung und ihre Folgen mir nicht bekannt waren?

Es half nichts. Die einfachste Erklärung ließ sich nicht verdrängen: Die Narben stammten höchstwahrscheinlich von einem medizinischen Laien und einer verunreinigten Nadel, die vor langer Zeit eine heftige Entzündung verursacht hatte.

Warum taten Menschen sich so etwas an? Langeweile? Neugier? Selbstüberschätzung? Schnell hieß es immer, jemand sei in schlechte Gesellschaft geraten und könne nichts dafür, aber so einfach war das nicht. Die Welt bestand für mich nicht aus Gut und Böse. Jeder für sich war eine Mischung aus beidem. Und man war für einander die schlechte Gesellschaft.

Was sollte ich tun? Ich sah mich wieder auf der Stufe in den Kensington Gardens sitzen. Darrel oder kein Darrel? Dort hatte ich mich entschieden. Und tief in meinem Innern spürte ich, dass ich bei dieser Entscheidung bleiben wollte.

Das ist nur das Bindungshormon Oxytocin, meldete sich mein Verstand zu Wort, *das von dir vorhin gleich kübelweise ausgeschüttet wurde und nun meine Funktion blockiert. Schau, wie du ohne mich klarkommst. Ich schlafe jetzt auch eine Runde. Weiterhin viel Spaß mit deinem Ex-Junkie!*

Ich drehte mich vorsichtig auf die Seite und kehrte Darrel den Rücken zu. Durch einen Tränenschleier blickte ich aus dem Fenster. Draußen hatte es aufgehört zu nieseln, und die Sonne war herausgekommen. Weinte ich aus Selbstmitleid? Aus Mitleid mit einem jüngeren Darrel in der Vergangenheit? Aus Angst vor der eigenen Courage? Ich schloss die Augen.

Darrel bewegte sich, und ich spürte seine Hand an meiner Wange, die meine Haare nach hinten strich. »Habe ich dir wehgetan?« Er hatte die Tränen entdeckt.

Ich drehte mich zu ihm. »Nein. Alles okay.«

»Sollte das je vorkommen, sag es mir sofort.«

»Ja, klar. Mach ich.«

»Bist du ein bisschen enttäuscht? Kann ich etwas für dich tun?« Er küsste mich zart auf den Mund. »Du kannst mir ins Ohr flüstern, was du gern magst.« Da war es wieder, das Verstandkillerlächeln.

Alle Zweifel und Ängste fielen von mir ab.

»Das Gleiche nochmal, bitte«, flüsterte ich zärtlich.

»Ich glaube, ich antworte jetzt besser nicht: *Kommt sofort!*«

***

»Inzwischen bin ich bescheiden und freue mich ehrlich, dass wir zumindest gestern Abend beim Gig vollzählig waren.« Sean saß auf einem Barhocker im Probekeller und hatte seine Bassgitarre auf dem Knie. »Ist wenigstens bekannt, wo er sich den ganzen Tag herumtreibt, oder muss ich mir Sorgen machen, dass Maggie sich bald Sorgen macht?«

»Es ist bekannt.« James zeigte sein Pokerface.

Socks kam mit frisch bedruckten Papierseiten aus dem Nebenraum, in dem der Computer stand, und verteilte sie. Eine legte er kurzerhand auf den Banjokoffer und beschwerte sie mit einem Plektrum, das auf dem Boden herumgelegen hatte. »Okay. Fangen wir an.« Er nahm ebenfalls auf einem Barhocker platz und ließ gelangweilt seine Beine baumeln.

»Ich komme mir da jedes Mal vor wie bei der Probe des örtlichen Kirchenchors«, witzelte Dylan.

»Woher weißt du, wie es dort zugeht?«, wollte Socks wissen.

»Die bekommen nicht nur Texte, sondern auch Noten, will ich nur mal so anmerken.« Sean zwinkerte Socks über die Lesebrille hinweg zu und schmunzelte.

Der grinste frech zurück. »Ich bin noch nicht soweit. Ich warte auf die Großlieferung mit einem Zentner Notenpapier, in das ich während meines Jahresurlaubs die Beats für James eintragen kann.«

»Quatsch! Wenn ich das richtig verstehe, braucht man da nur ein paar Bögen, und am Rand wird vermerkt, welcher Abschnitt dreihundertachtzehnmal und welcher sechshundertsiebenundzwanzigmal wiederholt werden muss.« James blickte gespielt triumphierend in die Runde.

»Aha! Da kennt sich endlich mal einer von uns mit Musik aus. Es besteht also noch Hoffnung!« Socks begann zu singen und wippte mit dem rechten Fuß.

Die anderen hörten zu und wippten gedankenverloren mit.

Eine halbe Stunde später kam auch Darrel. »Sorry!«

»Hallo, Fremder!« Sean lächelte gutmütig.

Socks erklärte freudestrahlend: »Wir haben vorhin abgestimmt: Du spielst ab sofort Posaune!«

»Ich bin zwar für Tuba, aber auf mich wollte wieder keiner hören.« James blickte betrübt zu Boden.

»Seit ihr mich damals überredet habt, Banjo zu lernen, glaube ich euch alles.« Darrel bückte sich und hob den Computerausdruck von seinem Banjokoffer auf. »*The Lion's Pitch in the Wardrobe*? Super!«

»Ja, mir fiel endlich eine Lösung für die dritte Strophe ein, und ich habe die zweite auch etwas umgeschrieben.« Socks rutschte nervös auf dem Barhocker herum.

»Und wem gehört das Plektrum?«, fragte Darrel.

Socks verdrehte die Augen. »Dir wahrscheinlich, wenn's neben deinem Koffer liegt.«

»Finde den Fehler!« Sean lachte. »Das wird wohl eins von meinen sein, wenn es dir auch nicht gehört.«

Socks zog einen Schmollmund und maulte: »Ich darf ja nicht mehr ...«

»Lern stattdessen Triangel!«, empfahl ihm Dylan. »Das ist so ähnlich wie Rhythmusgitarre. Wenn du in den nächsten drei Jahren täglich eine Stunde übst, darfst du anschließend damit auf die Bühne. Versprochen!«

Darrel öffnete den Banjokoffer, warf Socks ein Fingerpick zu und murmelte mit weinerlicher Stimme: »Siehst du jetzt, was ihr mir tagtäglich antut, ihr Schweine?«

Socks lachte. »Was ist denn das für ein Intimschmuck?«

Sean griff nach dem Plektrum, das ihm Darrel reichte. »Ihr kennt die Hausordnung: Keine Messerstechereien im Probekeller!« Er wandte sich an Socks. »Bei dir frage ich mich ernsthaft, woher du die Inspiration für deine Songs nimmst, wenn man bedenkt, wie wenig du von deiner Umgebung mitbekommst.«

»Seine Welt passt eben locker in einen Kleiderschrank.« Darrel las wieder und wieder den Songtext und schüttelte dabei ungläubig den Kopf. »Ich bin kein Mathematiker, aber kann es sein, dass in der dritten Zeile der zweiten Strophe drei Silben fehlen? Singst du da irgendwo mitten im Satz *lalala*, damit es hinten wieder passt?«

Socks hielt das Fingerpick hoch. »An welcher unbequemen Stelle möchtest du dein Piercing denn gerne haben? Noch darfst du sie dir selbst aussuchen.«

***

Als ich am Montag ins Büro kam, erwartete ich beinahe, dort ebenfalls alles verändert vorzufinden, aber es herrschte beruhigende Normalität. Bald war ich gedanklich in mein Projekt eingetaucht und vergaß die Umgebung.

Die Mittagspause verbrachte ich in einem winzigen, nahegelegenen Park und hatte Glück, dass meine Lieblingsbank frei war. Die meisten Kollegen verteilten sich auf die umliegenden Schnellimbisse und Restaurants mit Mittagstisch, aber das Billigessen war nicht nach meinem Geschmack.

Ich brachte mir lieber selbst etwas mit. Da ich mich ohnehin seit Anbeginn als Außenseiterin gefühlt hatte, sah ich keine Notwendigkeit, mich ständig irgendwo aufzudrängen.

Julia hatte offenbar großen Eindruck auf John gemacht. Denn er schlenderte nach meiner Rückkehr mit den Händen in den Taschen seiner beigefarbenen Hose, zu der er mutig, wie er war, ein hellgrau-knallgelb-kariertes Hemd trug, zu meinem Platz.

Er beugte sich so weit zu mir herunter, dass ich das Pfefferminzbonbon riechen konnte, das er kurz zuvor eingeworfen haben musste. Hätte er sich mal besser zusätzlich je eines unter die Achseln gesteckt. »Wer war denn das hübsche Wesen an deiner Seite?«

Ich stellte mich absichtlich doof und schaute mich suchend um. Schräg hinter mir stand sein Teamkollege Dennis und trug sich gerade in den Urlaubsplan ein.

»Meinst du ihn? Das ist Dennis.«

Ein klein wenig war ich natürlich selbst daran schuld, dass mir Kollegen aus anderen Projektgruppen ständig fehlende Sprachkenntnisse unterstellten, aber inzwischen war mir das egal.

John trat von einem Bein aufs andere und schien zu überlegen. Kratze er jetzt etwa die letzten Reste von seinem Schuldeutsch zusammen? Die Sache versprach, spaßig zu werden.

Leider enttäuschte er mich. »Ich meine am Freitag.« Er zwinkerte mir zu.

»Hast du was im Auge? Möchtest du ein Taschentuch?« Eilfertig holte ich eine Kleenex-Box aus der Schublade und hielt sie ihm hin.

Er nahm sich tatsächlich ein Tuch, betrachtete es dann aber verlegen, putzte sich schließlich kurzerhand die Nase und stopfte es in seine Hosentasche.

Da wird seine Mama aber schimpfen, wenn sie es mitgewaschen hat, schoss mir durch den Kopf.

Er hob lässig die Hand. »Danke nochmal!«

»Gern geschehen!« Ich tippte mein Passwort ein und arbeitete weiter.

Darrel rief mich Punkt fünf an und lud mich zum Abendessen um sieben in seine Wohnung ein. Er schien tatsächlich zu glauben, dass man in Büros grundsätzlich nur von neun bis fünf arbeitete. Ich musste ihn leider enttäuschen und konnte nicht versprechen, pünktlich zu sein.

»Es bleibt garantiert etwas übrig. Maggie kocht heute, weil sie morgen lange arbeitet«, erklärte er fröhlich. »Und wenn bei *Mill/Moran* keiner öffnet, klingle unten bei *Dungeon*. Das ist der Proberaum.«

»Ich will aber nicht stören, wenn ihr Bandprobe habt.«

»Du störst nicht. Socks und ich hängen da heute allein herum und foltern einander psychisch und eventuell diesmal auch physisch. Wir halten uns immer alle Optionen offen.«

»Klingt nach einer rundum gelungenen Abend-gestaltung.«

»Das ist ein kreativer Prozess, der erforderlich ist, um die grottenschlechte Musik zu erschaffen, die du am Samstag hören musstest.«

»Klingt einleuchtend. Ich muss leider auflegen. Da steht jemand neben mir und will was.«

»Okay. Wir sehen uns nachher!«

John trat von einem Bein aufs andere und grinste selbstsicher. »Wer war denn das?« Wieder zwinkerte er, aber einen Scherz zweimal zu machen, lag mir nicht.

Ich blickte stirnrunzelnd auf sein Hemd und antwortete: »Ein Herrenschneider. Möchtest du seine Telefonnummer?«

***

Es klingelte. Darrel sprang auf, legte die Gitarre auf den Boden und düste los.

Wie ein Pawlowscher Hund, dachte Socks. *Ob das bei ihm eigentlich auch den Speichelfluss anregt?* Er ärgerte sich, weil sich bei Darrel plötzlich alles nur noch um Lou zu drehen schien.

Sie hatten nach dem Abendessen gerade einmal zehn Minuten gearbeitet, und nun war schon wieder Feierabend. Er starrte auf die achtlos weggelegte Gitarre, das geheiligte Stück, das niemand berühren durfte und sonst immer gleich sorgfältig weggepackt und in der Wohnung gelagert wurde. Am liebsten hätte er sie nach alter Väter Sitte gegen die Wand geprügelt. *That's rock 'n' roll, mate!*

Auf dem Weg in seine Wohnung klopfte er, einer plötzlichen Eingebung folgend, im Parterre an die Tür.

Lou öffnete. »Hi!« Sie trat einen Schritt zur Seite, um ihn hineinzulassen und lächelte freundlich, womit er überhaupt nicht gerechnet hatte.

»Hi!«, antwortete er verlegen.

Darrel streckte den Kopf durch die offene Küchentür. »Wieder Hunger?«

»Quatsch! Nee! Ich wollte bloß fragen, ob du nochmal runterkommst.«

»Klar. Meine Gitarre liegt da noch herum. Und ich wollte Lou nach dem Essen den Proberaum zeigen. Setz dich. Willst du auch einen Tee?«

Socks blickte von Darrel zu Lou und wieder zu Darrel und fühlte sich im falschen Film. Was lief hier ab?

Lou verschwand in der Küche und kam mit einem gut bestückten Teetablett zurück. »Wo ist dein Platz?«, fragte sie mit schüchternem Blick.

»Äh – hier.« Socks setzte sich auf den nächstbesten Stuhl, und Lou stellte ihm einen Becher hin.

Darrel brachte einen dampfenden Teller nebst Löffel aus der Küche, stellte ihn gegenüber von Socks ab, meinte zu Lou »Setz dich!« und nahm neben ihr Platz.

Verdammt, was mache ich eigentlich?, fragte sich Socks. *Ich habe hier nichts verloren!*

Darrel kippte etwas Milch in Socks' Becher und ließ ein Stück Zucker in Lous fallen. Dann goss er allen Tee ein.

Er weiß sogar schon, wie sie ihren Tee trinkt. Da steht der Verlobung nichts mehr im Wege!

Darrel fragte ihn scheinbar beiläufig: »Wie war dein Tag? War viel los im Buchladen?«

»Alles klar: Du verarschst mich.«

Darrel prustete los.

Lou, die gerade kaute, lächelte. Mit den Augen schien sie sich aber regelrecht kaputtzulachen, und ihr Gesicht wurde ganz rot. Sie schluckte und versuchte, ernst zu werden. Aber dann lachte sie doch und sagte: »Es tut mir echt leid, dass ich jetzt auch noch so eine alberne Phrase verwende, aber wir müssen reden.«

Socks sah ihr in die Augen und lachte. Er fühlte sich wie befreit. »Okay. Schieß los!«

»Ich möchte Darrel gern so oft wie möglich sehen. Aber ich möchte mich nicht in euer Leben drängen.«

»Das machst du doch gar nicht.« Darrel schenkte ihr das, was Socks heimlich *Killerlächeln* nannte, weil sich damit sogar Maggie besänftigen ließ. Die Hausbewohner nutzten das gern schamlos aus, indem sie ihn vorschickten, wenn es mit ihr brenzlig wurde.

»Wir haben momentan volles Programm«, erklärte Socks freundlich. »Heute ist der einzige freie Abend in dieser Woche. Am Freitag dürfen wir in einem Club als Vorgruppe von Arthur's Wharf spielen. Vorausgesetzt unser Versagen vom letzten Samstag spricht sich bis dahin nicht noch herum. Das ist eine einmalige Chance für uns. Wir wollen morgen und übermorgen noch fleißig proben.« Seine Augen glänzten vor Begeisterung. »Am Donnerstag bringen wir unseren Kram hin, denn – hier

bitte einen Tusch einfügen – wir haben zum aller-
ersten Mal etwas, auf das man in Gesprächen lässig
mit *backstage* verweisen kann. Irgendeine Rumpel-
kammer, die wir uns zwar mit Arthur's Wharf teilen müssen, aber man kann dort etwas über Nacht
einschließen. Und wir dürfen deren Equipment
teilweise mitbenutzen! Sonst wäre das zeitlich echt
knapp am Freitag. Wir müssen vorher noch ganz
normal zur Arbeit. Das Ganze hat sich zufällig
letzte Woche ergeben. Die Band, die ursprünglich
anheizen sollte, musste absagen, weil gleich zwei
Mitglieder wegen schwerer Körperverletzung und
Drogenbesitzes verhaftet wurden. Einen kann man
notgedrungen ersetzen, aber nicht zwei.« Er grinste
breit.

»Kann man schon«, meinte Darrel trocken.
»Wenn sich jemand findet, der so bescheuert ist
einzuspringen, statt dem Clubbetreiber die eigene
Band als Ersatz vorzuschlagen.«

Socks war platt. »Sean hat das eingefädelt?«

Darrel nahm grinsend einen Schluck aus seinem
Becher und hob kurz die Augenbrauen, was seinem Gesichtsausdruck etwas Bedeutungsschwan-
geres gab.

»Woher weißt du das?«, hakte Socks nach.

»Weil sie nun mal nicht nur einen Bassisten, sondern auch einen Leadgitarristen brauchen. Und ich
habe zufällig noch meine E-Gitarre von früher auf
dem Kleiderschrank liegen. Es ist immer gut, wenn
man als Banjospieler nichts wegwirft, sondern es
ab und an mal heimlich hervorkramt, damit man
nicht aus der Übung kommt. «

Socks war ehrlich betroffen. Wie hatte er das nur vergessen können? »Das wäre für dich aber *die* Chance gewesen, von dem Banjo wegzukommen!«

»Musikalisch sind die top, aber hast du dir die Typen mal angesehen? Die schlimmsten sitzen in U-Haft, aber die anderen sind mir auch nicht geheuer. Und Sean denkt jetzt außerdem darüber nach, ob ich für uns vielleicht mal bei einem neuen Song Akustikgitarre statt Banjo spielen könnte. Vermutlich als Belohnung für mein mustergültiges Verhalten.«

Socks starrte vor sich auf die Tischplatte. Es war ihm noch nie in den Sinn gekommen, dass Darrel einmal eigene Wege gehen könnte. Doch dann musste er bei der Vorstellung grinsen, wie ein kleiner, schmächtiger, blasser Darrel mit leuchtend rotblondem Haarschopf zwischen diesen mindestens zehn Jahre älteren, bärtigen Schränken steht und fleißig mit Todesverachtung E-Gitarre spielt.

»Sind die jetzt nicht sauer, wenn ihr ihnen den Auftritt wegschnappt?«, fragte Lou.

»Die haben momentan andere Probleme. Sie scheinen sich gerade selbst neu zu orientieren. Müssen sie auch, wenn die zwei in Zukunft in der Knastband spielen und draußen nur noch Schlagzeug und Rhythmusgitarre übrig sind. Sean hat zur Sicherheit behauptet, wir seien vertraglich verpflichtet, nicht ohne die anderen Bandmitglieder aufzutreten. Das war Maggies Idee.«

»Genial!« Socks sprach überdeutlich und gestelzt. »Vertraglich verpflichtet! Und notariell beurkundet! Die Magna Carta ist ein Dreck dagegen. Die dreizehn schweren Siegel, die am unteren

Rand des Pergaments festgetackert sind, baumeln zwar bei einem Erdbeben wild hin und her wie eine Leiche am Galgen, aber Sean und Darrel bleiben dennoch bis in alle Ewigkeit standhaft. Merke: Vertrag ist Vertrag!« Mit normaler Stimme fügte er hinzu: »Wenn wir denn einen miteinander hätten.«

Darrel erwiderte: »Da siehst du mal wieder, was einem alles erspart bleibt, wenn man einen guten Charakter hat. Willst du es nicht auch mal damit versuchen?«

»Wozu? Nimmt mir ja doch keiner ab.«

»Für mich klingt das nach einem neuen Song: *Deed, Earthquake and a Ham Sandwich*.« Lous Augen glitzerten schelmisch.

»Bring mich nicht auf dumme Gedanken. Sonst schreibe ich den wirklich!«, drohte Socks.

»Ich sehe dem Ergebnis gespannt entgegen. Lyrik hat mich schon immer begeistert.«

Hoffentlich erwartet sie jetzt nicht, dass ich ihr was ins Poesiealbum schreibe, fuhr es Socks durch den Kopf. Laut sagte er: »Ich arbeite seit Jahren an einem Gedichtband, aber ich bin zu schüchtern, ihn einem Verlag anzubieten. Da singe ich das Zeug eben notgedrungen in Pubs. Ich kann leider nichts anderes.«

»Schüchtern?« Lou lachte. »Wer *rainy* auf *brainy* reimt, fürchtet weder Tod noch Teufel!«

»An welchen Reim denkst denn du spontan bei *brain*?«

»*Insane*?«

Socks betrachte Lou nachdenklich. »Das hat auch was.«

Sie sah ihm lächelnd direkt in die Augen und zitierte aus Shakespeares Hamlet: »Ist dies schon Wahnsinn, so hat es doch Methode.«

»Wir wollten ohnehin noch unseren Bandnamen ändern«, sagte Darrel beiläufig und trank seine Tasse aus. »Socks, wie gefällt dir eigentlich *Hamlet's Mates*?«

***

Nach Socks' Überraschungsbesuch nahmen mich die beiden mit in den Keller. Die Raumaufteilung erschien mir ähnlich zu sein wie oben. Das große Zimmer, das zur Straße hin lag, diente als Proberaum.

In einer fensterlosen Kammer, die wohl der Küche in der oberen Wohnung entsprach, stand ein Computer, und im Badezimmer befanden sich neben Waschbecken und Toilette, die beide etliche Jahrzehnte auf dem Buckel hatten, eine erstaunlich moderne Waschmaschine und ein Wäschetrockner.

Einer der hinteren Räume diente als Lagerraum für die Band und war fast leer. Die Tür des anderen war kunstvoll mit einem sehr detailreichen Totenkopf und den Worten *Keep out and piss off!* in Schnörkelschrift bemalt.

»James ist ein sehr begabter Künstler«, erläuterte Socks und sah mich erwartungsvoll an.

»Möchtest du jetzt gefragt werden, was es mit dem Raum auf sich hat?«, erkundigte ich mich.

»Ja, bitte!«

»Und wenn es mir egal ist?«

»Ich wusste gleich, dass mit dir etwas nicht stimmt.« Er seufzte theatralisch.

»Du kannst es gar nicht für dich behalten und erzählst es mir ohnehin gleich freiwillig.«

»Warum?«

»Weil du sonst vor lauter Mitteilungsbedürfnis platzt.«

Socks atmete tief ein, hielt die Luft an, hielt sich mit beiden Händen den Mund zu und öffnete die Augen weiter und weiter.

Darrel sah gespielt desinteressiert zu. »Er ist ein Einzelkind.«

»Ach, so! Ich habe mich langsam ein wenig gewundert.« Ich machte ebenfalls ein gelangweiltes Gesicht.

Socks stieß die Luft aus, taumelte, streckte haltsuchend beide Hände nach der Tür aus, schreckte jedoch vor der aufgemalten Warnung zurück und griff sich ans Herz.

»Brauchst du noch länger?«, fragte ich.

»Nö, bin fertig. Wie war ich?«

»Gar nicht schlecht«, meinte Darrel. »Das Casting für das Krippenspiel der Laientheatergruppe des Frauenvereins von Ipswich ist noch nicht beendet. Du kannst dich als Esel bewerben. Wenn du weiter so viel rauchst, sehe ich auch stimmlich kein Problem.«

Wir lachten.

Doch dann fragte ich sie ganz ernst: »Soll ich euch allein lassen, damit ihr weitermachen könnt?«

»Mit dem Casting für das Krippenspiel? Ich dachte, ich habe die Rolle!« Socks zog einen Flunsch.

»Ignorier ihn. Das hilft manchmal. Nein, wir machen nächste Woche weiter«, sagte Darrel. »Wir haben vorhin abgesprochen, dass wir nur so lange arbeiten, bis du kommst.«

»Genau! Schließlich ist die Führung noch nicht abgeschlossen. Darrel muss dir jetzt sein Schlafzimmer zeigen«, ergänzte Socks mit Fistelstimme.

Ich sprach mit ihm wie mit einem Kind: »Komm, Socks, ich will mal nicht so sein und verspreche dir, dass ich dich ein andermal nach dem Inhalt des Zimmers frage.«

»Ehrenwort?«

»Ehrenwort!«

»Und ich darf dir dann auch wirklich erzählen, dass das einfach nur Maggies Abstellraum ist und James ihr die Bemalung zum Geburtstag geschenkt hat?«

»Das darfst du!«

»Herzlichen Dank!« Er schüttelte mir die Hand und lächelte wie ein Idiot.

5. Chancen und Pannen

Socks schlenderte gemächlich und mit den Händen in den Taschen seines Jacketts bis zur Markierung, drehte sich ruckartig nach rechts und grinste breit, was in der Nähe mit Gejohle quittiert wurde.

Was wollt ihr hier? Geht nach Hause! Wir werden wenigstens mies dafür bezahlt, dass wir hier sind, aber ihr ... Die Gedanken jagten in atemberaubendem Tempo durch seinen Kopf. Aus dem Augenwinkel sah er Dylan rechts neben sich über das ganze Gesicht strahlen. *Junge, dein gelbes T-Shirt ist so laut, dass wir dringend dein Mikro runterdrehen sollten!*

Socks sah hinter ihm Sean, der inzwischen ebenfalls an seinem Platz stand. Darrel marschierte gerade hölzern an Dylan vorbei. Socks drehte sich, während Darrel an ihm vorbeiging, einmal um die eigene Achse, was der gar nicht zu bemerken schien.

Ja, Darrel, du hast es erfasst: Hier entlang geht es zum Schafott! Socks musste wieder grinsen. *Jetzt wirst du einen Kopf kürzer gemacht. Ach, nein, das bist du ja schon. Da hilft auch kein Hut. Versuch es mal mit einem Zylinder. Was bekommt man, wenn man einen Marmor-Putto mit einem Kaminfeger kreuzt? Einen Banjospieler, der die schwarzen Hosen gestrichen voll hat! Braucht er deshalb Hosenträger? Muss ich ihn nachher mal fragen!*

Socks schaute auf den Boden zur Setlist. *Was mache ich, wenn sie jetzt davonfliegt? Soll ich besser den*

94

Mikrofonständer draufstellen? Aber wenn ich den berühre, bekommt Sean einen Herzinfarkt. Man könnte eigentlich ein paar Kotztüten daran aufhängen. Dann hätte man sie griffbereit, wenn sich die Nerven melden. Wenn eine voll ist, könnte ich mit ihr die Setlist beschweren, damit sie nicht wegweht. Muss ich nachher mal Maggie fragen. Die steht praktischen Lösungen immer aufgeschlossen gegenüber.

Er blickte kurz zum Bühneneingang, hinter dem, für das Publikum nicht sichtbar, Nick, Andy, Maggie und Lou standen. In seinem Kopf hörte er Maggies Stimme sagen: *Ich will kein Spielverderber sein, aber wenn du nicht anfängst …*

Was mache ich hier überhaupt? Die brauchen mich nicht. Ich könnte denen die Songs in die Hand drücken und was trinken gehen. Komponisten von Filmmusik spielen im Film auch nicht die Hauptrolle, sondern überlassen das den Schauspielern, die wissen, was sie tun. Gibt es Agenturen, bei denen man sich Sänger ausleihen kann? Und was kosten die? Das muss ich mal Maggie fragen …

Dylan begrüßte das Publikum und kündigte den ersten Song an.

Hey! So war das nicht abgesprochen! Stehe ich wirklich schon so lange hier herum? Und warum spielen wir jetzt Cheerio, Miss Sophie und nicht Loch Lomond?

Hektisch schaute er auf die Setlist und stellte fest, dass Dylan recht hatte. Er atmete tief durch und nahm die Hände aus den Taschen. Das war das Zeichen für James, dass es losgehen konnte.

***

95

Maggie legte mir die Hand auf die Schulter und sagte mir mit ihrem walisischen Akzent ins Ohr: »Erinnere mich nachher bitte daran, dass ich den Kerl umbringe.« Wir sahen einander an und kicherten erleichtert. Nun lief anscheinend alles nach Plan, und ich begriff überhaupt erst, wie gut die *Hamlet's Mates* waren, wie sie sich jetzt tatsächlich nannten.

Darrel hatte mir zwar versprochen, mich in ein paar ihrer Aufnahmen reinhören zu lassen, aber dann hatten wir den Montagabend doch in seinem Schlafzimmer ausklingen lassen und waren nicht im Keller geblieben. Ich nahm meinen Job sehr ernst und achtete vor Werktagen immer darauf, nicht zu spät ins eigene Bett zu kommen.

An den anderen Tagen sahen wir uns leider gar nicht und telefonierten abends nur kurz. Ich konnte an seiner Stimme erkennen, wie bei ihm von Tag zu Tag die Nervosität zunahm, und ich fragte mich heimlich, warum er den Quatsch nicht einfach sein ließ, wenn es ihn doch so mitnahm.

Mich hätten keine zehn Pferde auf eine Bühne gebracht. Ich war noch vom Vorlesewettbewerb in der sechsten Klasse traumatisiert. Damals hatte ich bei der Endausscheidung fremden Schülern aus einem Lindgren-Buch vorlesen müssen. Das reichte mir fürs Leben.

Die letzte Stunde hatte ich jetzt damit verbracht, mir Sorgen um Darrel zu machen. Manchmal krallte er sich an mir fest wie ein Ertrinkender. Dann sprang er wieder auf und lief durch den Backstageraum wie ein Tier im Käfig. Zwischendurch spielte er sich die Finger warm, um kurz darauf erneut aufzuspringen.

Ich hatte keine Ahnung von Banjos, ging aber davon aus, dass sie nicht alle fünf Minuten gestimmt werden mussten. Socks sah uns die ganze Zeit grinsend zu und schien sich köstlich zu amüsieren.

Als die Mitglieder von Arthur's Wharf nach und nach auftauchten, wurde es richtig eng, denn sie hatten nicht nur ihren Manager Andy dabei, sondern auch ihre Ehefrauen beziehungsweise Freundinnen. Mich erinnerte das Chaos an meine Schulzeit. Damals waren wir in der Umkleidekabine der Turnhalle auch ständig einander im Weg gestanden.

Eine der Frauen war jünger als die anderen, die mit der Band für sich blieben, und stellte sich mir als Hattie/Betty/Letty vor. Ich verstand leider mal wieder den Namen nicht richtig und hatte wegen der Hintergrundgeräusche auch generell Schwierigkeiten, alles mitzubekommen.

Sie interessierte sich sehr für das Banjo, aber Darrel wusste das offenbar nicht zu würdigen und drückte es ihr nach der dritten Frage kurzentschlossen in die Hand, um mich erneut eine Runde umarmen zu können.

Sie stand damit etwas hilflos herum, bis sich Socks ihrer annahm, einen Platz auf der langen Bank für sie und sich suchte und ihr offensichtlich alles Mögliche über seine Musik erzählte.

Nachdem Darrel wieder wie gestochen aufgesprungen war, nahm ich ihr das Banjo freundlich lächelnd ab, worüber sie sehr erleichtert zu sein schien. Darrel stimmte das Instrument mit zitternden Händen zum gefühlt zehnten Mal, und ich war ehrlich froh, als ich ihn bald darauf endlich auf der Bühne stehen sah und es nach einer Ewigkeit sogar losging.

Nick, der Sänger von Arthur's Wharf, deren Manager Andy, Maggie und ich standen hinter dem Bühneneingang. Ich wollte, weil es dort so eng wurde, mich erst wieder verdrücken. Denn ich fühlte mich einfach nicht dazugehörig, aber Andy griff nach meinem Arm und schob mich wie ein kleines Kind vor sich.

Maggie und er grinsten, denn er war einen Kopf größer als sie und ich und konnte über uns hinweg bequem alles sehen.

Irgendwann tauchte Hattie/Betty/Letty auf, die von Nick den Platz neben Maggie zugewiesen bekam. Er legte ihr von hinten die Hände auf die Schultern, und sie deutete ständig mit dem Finger auf die Bühne und kicherte mit Nick über irgendetwas oder irgendjemanden, aber ich konnte nicht verstehen, was sie sagten.

Ich dachte mir auch nichts weiter dabei, denn ich musste ebenfalls häufiger über Dylans Faxen schmunzeln, der mit fliegenden Haaren mal wieder alles gab. Nach einem seiner waghalsigeren Sprünge beugte sich Andy in die Lücke zwischen unseren Köpfen herunter. »Ich habe übrigens mehrere Kurse in Erster Hilfe absolviert.«

Maggie und ich kicherten wie Schulmädchen.

Während des letzten Songs verschwand Nick nach hinten. Die anderen beiden blieben bis zum Schluss und drückten sich im Gang, der zum

Backstagebereich führte, lediglich flach an die Wand, als die Band von der Bühne kam.

Maggie und ich gingen der Einfachheit halber voraus, damit sich niemand auch noch an uns vorbeiquetschen musste.

Socks und James blieben kurz zurück und brachten mit zwei Leuten, die entweder für den Club oder Arthur's Wharf arbeiteten, das Schlagzeug nach hinten. Das umfangreichere von Arthur's Wharf hatte von Beginn an auf der Bühne gestanden.

»Jetzt müssen wir hier mal anfangen, die Leute zu stapeln: eine Schicht längs, eine quer und obendrauf das Schlagzeug«, hörte ich Maggie zu Andy sagen. Sie schienen sich gut zu verstehen.

Dann war Arthur's Wharf draußen, und die Begleiterinnen stellten sich vermutlich wie ein Frauenchor am Bühneneingang auf. Bei uns entspannte sich die Situation schlagartig.

Darrel fand eine bequeme Ecke auf der Bank, in die er sich zitternd zurückziehen und in kleinen Schlucken Wasser trinken konnte.

James, der das verschwitzte T-Shirt ausgezogen hatte und uns allen seine spärliche Brustbehaarung präsentierte, schüttelte seine angebrochene Flasche Ginger-Ale und ließ vorsichtig den Überdruck heraus. Zu meiner Verblüffung gab er sie mir. »Flöß ihm das ein. Das holt den Zuckerspiegel aus dem Keller.«

Maggie kam vorbeigedüst und drückte mir zusätzlich ein paar Traubenzuckerbonbons für Darrel in die Hand. Sie fühlten sich warm an. Vermutlich hatte sie sie in der Hosentasche transportiert.

»Soll ich zu eurem Amüsement beitragen, indem ich kotze?«, protestierte er, als sie mich allen Ernstes anwies, die Bonbons in die Limonadenflasche zu werfen, aber ein strenger Blick von Maggie, und er trank zumindest brav die Gingerplörre. Die Bonbons, die ich ihm für alle Fälle gab, steckte er mir wenig später, als ich gerade nicht aufpasste, in den Ausschnitt.

Sean und Dylan gingen hinaus, um sich das Konzert anzuhören. Hattie/Betty/Letty kam dafür zurück und unterhielt sich weiter mit Socks. Maggie warf ihm mehrmals schräge Blicke zu, sagte aber nichts.

Die Kanten der Folie, in die die Traubenzuckerbonbons einzeln verpackt waren, fühlten sich unangenehm an, und man hörte ein Knistern, wenn ich mich bewegte.

Ich zog vorn mein Shirt aus der Hose, ließ die Bonbons in die Hand fallen und versuchte, sie Darrel in die Hose zu stecken, der sich lachend wehrte.

Maggie schickte uns daraufhin heim. »Dir scheint es ja wieder bestens zu gehen! Der Traubenzucker hilft tatsächlich – auf gewisse Weise ...«

Wie sich die Musik von Arthur's Wharf live anhörte, wusste ich also noch immer nicht genau. Dafür war mir nun bekannt, welche Whiskysorte sie bevorzugten, weil mehrere angebrochene Flaschen herumstanden. Gläser sah ich hingegen keine.

***

»Mensch, das kannst du nicht bringen!« Dylan war stocksauer, als Socks gegen zwei nach Hause kam.

»Was geht es dich an?«

»Es geht uns alle an! Wir haben Kontakte geknüpft, die uns als Band weiterbringen können. Und du reißt alles, was Sean, Darrel und Maggie aufgebaut haben, mit dem Hintern wieder ein! Oder einem anderen Körperteil …«

»Mach kein Drama! Ich habe brav abgewartet, bis der Gig vorbei und nichts mehr einzureißen war.«

»Arthur's Wharf gehen im Oktober zwei Wochen lang auf Tournee durch Nordengland und haben ihre Vorgruppe verloren. Nick und Andy haben die ganze Zeit am Bühneneingang gestanden und uns beobachtet, statt sich hinten zu den anderen zu setzen. Na, klingelt's? Und du hast nichts Besseres zu tun, als hinterher mit Nicks Freundin zu verschwinden. Mann, bist du bescheuert!«

»Betty ist Nicks Freundin?«

»Nein, seine Logopädin, die ihm bei jedem Auftritt beratend zur Seite steht.«

»Scheiße!«

»Megascheiße!«

»Aber sie hat es echt drauf angelegt. Erst scharwenzelte sie um Darrel herum und war ja so was von begeistert von seinem Banjo. Bis er aufstand und es ihr rüberreichte. Da verlor sie schlagartig das Interesse an diesem sagenhaften Instrument, als sie mit Absätzen einen halben Kopf größer war als er.«

»Habe ich gar nicht mitbekommen. Was hat denn Lou dazu gesagt?«

»Die hat das nicht geschnallt und war supernett zu Betty. Bei so Sachen ist sie völlig naiv. Ich habe mich mit Betty ans andere Ende gesetzt und ihr erklärt, wie man Banjo spielt. Dass ich das bis vor Kurzem selbst nicht wusste, musste ich ja nicht erwähnen. Ich habe meinen Gag mit dem Fingerpick als Piercing recycelt, und er kam gut an. Während später ihr reizender Nick draußen sang, wollte sie mehr über das Komponieren mit der Stimme wissen, statt seiner Stimme zu lauschen. Ich konnte sie da schlecht rausschicken.«

»Ja, klar. Du hast dich geopfert!« Dylan gähnte. »Ich leg mich wieder hin.«

»Mach ich auch. Bis morgen!«

Socks lag auf dem Bett und starrte an die Zimmerdecke. *Was mache ich jetzt? Wenn ich sie anrufe und die Sache eine Weile weiterlaufen lasse, ist Nick stinksauer, wenn er dahinterkommt, was ja früher oder später immer passiert. Entweder wird man gesehen, oder sie kann ihr Maul nicht halten. Wenn ich sie nicht anrufe, ist sie in ihrem Stolz gekränkt, stinksauer, und macht uns so lange schlecht, bis Nick gegen uns eingenommen ist.*

***

Am anderen Morgen wachte ich auf, als Darrel aus dem Bad zurückkam und sich so leise wie möglich anzog.

»Sorry, ich wollte dich nicht wecken. Ich muss zur Arbeit.« Er lächelte zärtlich.

Völlig fasziniert beobachtete ich, wie er kunstvoll seine Krawatte knotete.

»Der Anzug macht dich alt«, lästerte ich.

»Das ist der Sinn und Zweck der Übung. In Boxershorts kann man keine Maßanzüge an den Mann bringen. Schlaf noch eine Runde! James weiß Bescheid, dass du hier bist.«

»Nein, ich stehe auch auf. Ich wollte sowieso vor dem Lunch nach Hause. Mich umziehen und so. Ich habe absolut nichts dabei. Außerdem muss ich noch was einkaufen.«

Maggie und Sean feierten heute Abend ihren achten Hochzeitstag nach und hatten wie selbstverständlich angenommen, dass Darrel mich mitbringen würde. Ihm war das nicht so klar gewesen. Schließlich kannten wir uns erst eine Woche. Als Maggie die Einladung beim Konzert beiläufig erwähnt hatte, war ich aus allen Wolken gefallen. Ich war davon ausgegangen, den Abend ohne ihn zu verbringen.

»Du musst keine kaufen. Ich habe unerschöpfliche Vorräte angelegt.« Darrel deutete zwinkernd auf seine Nachttischschublade.

Ich lachte. »Nicht das, was du denkst. Maggie hat mich erst gestern Abend eingeladen, und ich will den beiden eine Kleinigkeit mitbringen.«

»Die brauchen so was nicht. Maggie will schwanger werden.« Er feixte.

»Gibt's für dich auch noch andere Themen?«, fragte ich lachend.

»Andere Themen als was?«

»Welches Wort willst du jetzt von mir hören?«

»Eines, bei dem du knallrot wirst und dadurch so entzückend aussiehst, dass ich kalt duschen muss.« Er küsste mich. »Gib nicht zu viel Geld aus.

Maggie liebt Kleinigkeiten und hasst Geldverschwendung. Die Band spart nämlich fleißig auf eine bessere Ausstattung und einen gebrauchten Van, damit wir uns in der Nachbarschaft an der Parkplatzlotterie beteiligen können, wenn uns langweilig wird. Wir haben deshalb für ein Geschenk zusammengelegt und ihnen hellgraue Bettwäsche besorgt, die James mit wasserlöslichem Stift unanständig bemalt hat. Zumindest hoffen wir, dass der wirklich wasserlöslich ist. Sonst können wir uns von unserem irdischen Dasein ein für alle Mal verabschieden. Wenn du magst, kannst du dich daran beteiligen.«

»Ich weiß nicht, ob ich bei euren schrägen Scherzen schon mitmachen sollte. Ich schaue mal, ob mir etwas einfällt. Vielleicht zwei Päckchen schwarze Textilfarbe?«

»Guter Plan! Und erwähne nie Kinder oder Schwangerschaft. Das ist ein wunder Punkt bei ihr.«

»Bei mir auch, aber aus einem anderen Grund.«

»Klingt einleuchtend. Bring deinen Rucksack mit den Stiefeln mit, damit du mich morgen früh nicht wieder so schnöde verlassen musst.«

»Wer sagt, dass ich bei dir übernachte?«

»Ich. Hast du mir denn eben gar nicht zugehört?«

***

Es war einfacher verlaufen als befürchtet. Socks atmete erleichtert auf, nachdem er das Gespräch beendet hatte. Betty hatte sich von seinem Anruf sehr geschmeichelt gezeigt und eine halbe Stunde mit ihm über alles Mögliche geplaudert, einschließlich *Wetter an der Algarve um diese Jahreszeit* und *Cocktailbars im West End.*

Man war sich einig, sich bestimmt demnächst wieder irgendwo über den Weg zu laufen, und hatte nun aber noch Verschiedenes zu erledigen. Es war für ihn eine völlig neue Erfahrung. Fast war er ein wenig enttäuscht.

»Und?«, fragte Dylan, der neben ihm auf einer der Matratzen im Wohnzimmer lag und gelesen hatte.

»Man sieht sich. Irgendwann.«

»Soso! Du musst also ziemlich mies gewesen sein. Sauf nicht so viel!«

»Quatsch! Wir haben nur in der Küche ihrer WG gesessen, geredet und ein bisschen herumgeschmust.«

»Loser! Was ist das denn für ein Arbeitsethos, es nicht mal bis ins Schlafzimmer zu schaffen?«

»Ich schmeiß mich nie an Frauen ran. Die können immer selbst entscheiden, was sie von mir wollen.«

»Sehr modern.«

»Man mag es kaum glauben – den Trick habe ich mir vor Jahren von Darrel abgeguckt. Der ist diesbezüglich aber ein Naturtalent und muss sich nicht verstellen. Unterm Strich ist die Strategie jedenfalls die erfolgreichere. Nur eben nicht immer.«

»Du musst es ja wissen.«

Socks dachte über Betty nach, wurde dadurch aber auch nicht schlauer. »Ist das jetzt gut für die Band oder nicht?«

»Das Saufen? Ja.«

»Das auch.«

»Wir können es nicht mehr ändern. Sehen wir nach vorn und harren der Dinge, die da kommen.«

»Erzählst du es den anderen?«

»Was hältst du von mir?« Dylan tat empört. »Klar erzähle ich das brühwarm überall herum. Das bin ich meinen zweitbesten Freunden und Nachbarn schuldig.« Er grinste und las weiter.

***

»Hi! Ich bin Anthea!«

»Ich bin Louise und werde Lou genannt.«

»George.«

Wir gaben einander die Hände, und ich fand die beiden spontan sympathisch.

Maggie rief aus der Küche: »Lou, Anthea buchstabiert man A-N-T-H-E-A!«

Ich wurde rot und rief zurück: »Danke!«

Anthea lachte. »Maia ist ein Goldstück. Sie sagte mir schon am Telefon, ich solle langsamer sprechen und die Vokale nachzählen, wenn du einen hochkonzentrierten Gesichtsausdruck bekommst. Wir haben nämlich einen schlimmeren Akzent als du.« Sie umarmte mich spontan, und ich fühlte mich so wunderbar willkommen.

Anthea war Maggies ältere Schwester, und bei dieser Gelegenheit erfuhr ich zu meinem Erstaunen, dass Maggie eigentlich Maia hieß.

»Bei uns in der Klasse gab es zwei Maias. Da verwendeten die Lehrer kurzerhand meinen zweiten Vornamen. Meine Freundinnen kürzten ihn ab.

Und dabei blieb es auch nach der Schulzeit«, erklärte sie mir beim Essen.

»Als wir uns kennenlernten, nannte sie sich selbst Maggie«, rechtfertigte sich Sean.

»Ich stand so neben mir, dass ich froh war, mich überhaupt an irgendeinen meiner Namen zu erinnern.«

»Tja, immer diese Sauferei!«, meinte James.

»Dir nehme ich gleich den Teller weg!« Aber Maggie musste selbst lachen. »Nein, ich habe diesen großen, gutaussehenden Mann mit den niedlichen Grübchen gesehen und – ping – war bei mir der Verstand ausgeknipst. Zum Glück war er kein Gebrauchtwagenhändler, sondern fragte nur, was ich trinken möchte. Ich würde sonst heute noch mühsam einen Porsche abstottern.«

»Beim Abschied fasste ich meinen Mut zusammen und fragte sie, ob ich sie küssen darf. Da meinte sie kess: *Ich hätte schon längst dich geküsst, aber ich komme nicht hoch*«, plauderte Sean aus dem Nähkästchen.

»Und zwei Monate später hat er beim Frühstück gesagt: *Die mittlere Wohnung wird frei. Eigentlich könnten wir doch heiraten und zusammenziehen.*«

»Ich nahm an, dass das in Wales noch so üblich ist, und wollte ihr keine unmoralische Lebensweise anbieten.«

»Und ich hatte Anthea noch gar nicht von ihm erzählt, weil ich annahm, dass es keiner auf Dauer mit mir aushält.«

»Ja, ich erinnere mich.« Anthea hatte Lachtränen in den Augen. »Sie rief mich an und meinte: *Ich habe da übrigens einen kennengelernt. Hast du Freitag in drei Wochen Zeit, zur Hochzeit zu kommen?«*

»Der Antrag war das eine, aber als ich Ja gesagt hatte, hat er seinen Terminkalender herausgezogen und mich gefragt, wann es mir passt.« Maia kicherte.

»Wenn ich etwas zugesagt habe, erledige ich es eben, so schnell wie möglich. Je mehr man vor sich herschiebt, desto länger wird die To-do-Liste«, rechtfertigte sich Sean.

Alle warteten gespannt auf Maggies Reaktion beim Auspacken der Bettwäsche, aber sie öffnete mein Geschenk zuerst. Ich fühlte mich so geborgen und willkommen in dem Moment. Als sie beim Anblick der beiden Kaffeebecher, einer bordeauxfarben und einer dunkelblau, über das ganze Gesicht strahlte und mich umarmte, stiegen mir sogar Tränen in die Augen.

Sean klopfte mir schmunzelnd auf die Schulter. »Mist! Jetzt habe ich keine Ausrede mehr, wenn ich aus ihrem Becher trinke, weil meiner leer ist.«

Leider wurden die anderen enttäuscht. Als Maggie die schwungvollen Zeichnungen auf dem Stoff sah, blickte sie James schräg von der Seite an und meinte nur: »Du hast auf keinen Fall gewagt, dafür waschechte Tinte zu nehmen. Dafür bist du zu feige! Aber du hast Talent. Ich fotografiere es vor dem Waschen.«

***

»Was wollt ihr trinken?« Man einigte sich auf Bier beziehungsweise Wasser, und Socks stellte sich an der Bar an. Es war Samstagabend, und der Pub war rappelvoll. Man hatte sich inzwischen verabschiedet und Maggie und Sean mit ihren Übernachtungsgästen allein gelassen. Nun probierte man einen neuen Pub aus, damit Lou nicht wieder irgendwelchen Kollegen in die Arme lief. Ihr schien das zwar nichts auszumachen, aber man war selbstkritisch genug, um auf ihre berufliche Karriere freiwillig Rücksicht nehmen zu wollen.

»Hi!« Betty tippte Socks auf die Schulter, und er fuhr ordentlich zusammen.

»Hi! Bist du auch hier?« *Bin ich bescheuert? Was rede ich denn da für einen Quatsch?*

Ihr Blick wirkte skeptisch. »Ja.«

»Schön.« *Himmel, was sag ich jetzt?* »Möchtest du etwas trinken?«

»Deshalb stelle ich mich hier an.« Sie zwinkerte ihm zu.

Alles klar. Sie verarscht mich. Ganz ruhig bleiben! Das ist nicht Lou, der ich mit gleicher Münze plus Trinkgeld herausgebe, sondern die Freundin eines Mannes, der uns eine Tour verschaffen kann. Ich bin Profi. Ich kriege das hin! »Sorry. Ich rede heute lauter Stuss. Ich wollte dir einen Drink spendieren, aber du bist natürlich nicht allein hier.«

»Doch. Und wenn du mich so fragst, nehme ich einen Weißwein.«

Warum trinken Frauen eigentlich immer Weißwein? Außer Lou, aber die ist keine Frau, sondern eine Zumutung. Und warum ist Betty allein hier? Und was sagen die anderen, wenn sie an unseren Tisch kommt? Bin ich noch zu retten? »Wir stehen da drüben. Ihr kennt euch ja.«

109

Sie lächelte und bewegte sich anmutig zum Stehtisch. Socks sah ihr gedankenverloren nach.

Lou drehte sich zu Betty und sagte lächelnd etwas, das er auf die Entfernung nicht verstehen konnte. *Wenn du wüsstest*, schoss es ihm durch den Kopf.

Er brachte die Getränke an den Tisch und stellte Lou absichtlich ein Bier vor die Nase.

»Trinkst du dann mein Wasser?«, fragte sie lachend. »Für wen wäre der Tausch die schlimmere Strafe?«

»Ich wollte mal testen, ob du es merkst.«

»Der Gestank ist einmalig. Da besteht keine Verwechslungsgefahr.«

Sie mussten sehr laut sprechen, weil zusätzlich zum Stimmengewirr weiter hinten im Pub irgendwelche Fangesänge angestimmt worden waren.

Socks stellte sich zwischen Darrel und James und sah aus den Augenwinkeln, dass Lou und Betty sich lebhaft weiterunterhielten. Doch verstehen konnte er nichts.

Das ist vermutlich die beste Lösung, dachte er.

***

Zum Glück hatte Hattie/Betty/Letty meinen Namen auch nicht richtig mitbekommen und fragte freundlich nach, als sie an unseren Tisch kam. Ich hätte mich das nicht getraut, aber eigentlich hatte sie recht.

»Lou. Kurz für Louise.«

»Und Betty ist die Kurzform von Elizabeth«, erklärte sie mir.

Hurra! Endlich wusste ich, wie ich die Leute dazu bringen konnte, mir Hinweise zur exakten Aussprache ihrer Namen zu geben. Bei Gavin/Kevin würde das wohl auch nicht helfen, aber dennoch merkte ich mir den Trick.

Nachdem wir festgestellt hatten, dass wir beide nach Urgroßmüttern benannt worden waren, erzählte sie mir von ihrer, die anscheinend eine im West End relativ bekannte Schauspielerin gewesen war. »Ich versuche, in ihre Fußstapfen zu treten, aber mir geht es wie in dem Witz: *Ach, Sie sind Schauspielerin? Welches Restaurant?*«

Sie erzählte mir von einem Werbespot und einer Nebenrolle in einer Komödie, die jedoch nach einer Spielzeit wieder abgesetzt worden war. Momentan arbeitete Betty stundenweise in einem Café und lernte fleißig als Zweitbesetzung zwei Nebenrollen in einem Drama.

»Wenn man als Zweitbesetzung den Schauspielern Hals- und Beinbruch wünscht, hat das immer so einen Beigeschmack!« Sie kicherte. »Aber es gibt im Rahmen der Previews oder nach der Premiere eine Vorstellung mit allen Zweitbesetzungen. Damit die Mamas glücklich winken können.«

»Eine dumme Frage: Wie machst du das dann, wenn du zwei Rollen einstudierst?«

»Ich spiele natürlich nur eine. Die andere wird von der für sie vorgesehenen Schauspielerin übernommen. Aber es ist eine Chance zu zeigen, was man kann. Denn solche Vorstellungen werden auch mal von interessiertem Fachpublikum besucht. Manche haben sogar freien Eintritt, habe ich gehört. Es kommt übrigens gar nicht so selten vor, dass die Erstbesetzung krank wird, und man bei den regulären Vorstellungen einspringen darf. Einer Freundin von mir ist das vor zwei Jahren passiert. Seither läuft es bei ihr wesentlich besser, aber auch sie jobbt nebenher. Ich habe das Glück, dass ich bei meinem Bruder und seinem Lebensgefährten wohnen kann. Sie knöpfen mir nicht viel ab für mein Zimmer, und ich kann auch mal abends in der Wohnküche Gäste empfangen, wenn die beiden sich ins Wohnzimmer zurückziehen.«

»Du Glückspilz!«

»Ja, das war wirklich Glück! Ich wusste gar nicht, dass ich einen Bruder habe! Nun ja, er ist mein Halbbruder. Deshalb natürlich.« Sie lachte verlegen. »Mit achtzehn erfuhr ich den Namen meines Vaters und machte mich auf die Suche. Er lebte nicht mehr, was mich sehr erschütterte, aber mein Halbbruder ist fünfzehn Jahre älter als ich und könnte fast mein Vater sein. Bei seinem Lebensgefährten sind es sogar achtzehn Jahre. Nick hat sich jedenfalls unheimlich gefreut, eine Schwester zu haben und bot mir sofort eine Unterkunft an, als ich nach London wollte. Und da wohne ich seither.« Sie strahlte vor Begeisterung. »Ach, ich rede so viel von mir und lasse dich gar nicht zu Wort kommen. Was machst du beruflich?«

»Ich arbeite als Softwareentwicklerin. Also erzähle ruhig weiter von dir. Es ist gerade so spannend.«

Sie lachte schallend. »Du bist so ein Schatz! Ich fand es süß, wie du dich um deinen Freund gekümmert hast. Mir war erst nicht klar, dass du zu ihm gehörst, weil Socks dich ständig ansah und lächelte. Es war so eng in dem Raum, dass alle einander dicht auf der Pelle saßen. Ich wollte Darrel etwas aufmuntern, damit du mehr Zeit für Socks hast, bis ich kapierte, dass ich da völlig danebenlag! Ich bin manchmal so doof!« Sie lachte wieder schallend. »Du nimmst mir das nicht übel, oder?«, fragte sie plötzlich ängstlich.

»Aber nein! Das war doch nett von dir. Darrel hätte dir bestimmt gern alles erklärt, aber er ist vor Auftritten schrecklich nervös.«

»Das kenne ich. Ich leide auch extrem unter Lampenfieber und bin das reinste Nervenbündel. Aber wenn man erstmal auf der Bühne steht, dann ist man so beschäftigt, dass man es schlichtweg vergisst! Das glaubt man nicht, wenn man es nicht selbst erlebt hat! Und hinterher ist man total erledigt.« Sie legte mir kurz die Hand auf den Oberarm und lachte schallend, und ich lachte mit.

»Herzlichen Dank, dass du mir das erklärt hast.« Ich meinte das ganz ehrlich. »Die ganze Zeit frage ich mich, warum er sich das antut.«

»Das ist eine Sucht. Auf der Schauspielschule haben sie gesagt, dass der Körper bei Stress Adrenalin ausschüttet, und davon wird man regelrecht high. Deshalb fährt man überhaupt erst Achterbahn: für den Kick und nicht der schönen Aussicht wegen.«

»Das habe ich mich auch schon immer gefragt: Warum zahlen Leute Geld dafür, in unbequemen Umzugskartons über unebene Strecken zu düsen?

Wenn sie im Kleinwagen über einen Feldweg fahren müssen, beschweren sie sich über die Schlaglöcher.«

Sie legte mir wieder kurz die Hand auf den Oberarm und lachte. »So kann man es natürlich auch sehen! Ich glaube, man ist entweder als Adrenalin-Junkie geboren oder immun dagegen. Man kann es weder unterdrücken noch sich antrainieren. Beides macht auf Dauer unglücklich. Es kommt auf das richtige Maß an. Nick liebt die gelegentlichen Auftritte sehr, aber wenn sie auf Tour gehen, schlaucht ihn das gewaltig, und er ist wochenlang fertig danach. Waren die *Hamlet's Mates* eigentlich schon einmal auf Tour?«

»Nein, sie spielen aber neuerdings häufiger in Pubs. Sean war früher mal mit einer anderen Band unterwegs. Darrel erwähnte es, aber ich weiß nichts Genaues.«

»Ich habe ganz vergessen, Socks das zu fragen. Weißt du, wir sind anschließend was trinken gegangen, und danach habe ich ihn noch mit zu uns genommen und Kaffee gekocht. Wir redeten und redeten am Küchentisch, aber das, was ich eigentlich wissen wollte, war wie weggeblasen. Ich glaube, er ist einsam.«

»Socks?«

»Ja, er scheint auf subtile Weise Kontakt zu suchen, aber nie so, dass man ihm böse sein könnte. Ich glaube, der ist unglücklich verliebt und sucht als Ersatz die Nähe von Frauen. Er traut sich aber nicht wirklich an sie heran, weil er seine große Liebe nicht betrügen möchte.«

»So habe ich das noch nicht gesehen. Bist du sicher?« Ich konnte mir das beim besten Willen nicht vorstellen.

»Es ist offensichtlich. Er hat zwischendurch immer so kurze Momente, in denen er plötzlich ganz einsam aussieht. Eben zum Beispiel auch. Er hat sogar heute Morgen bei mir angerufen.«

»Echt?« Socks musste krank sein! Anders ließ sich das nicht erklären.

»Ich hatte ihm meine Nummer gegeben, weil er so enttäuscht ausgesehen hat, als er gegangen ist. Und er hat tatsächlich angerufen! Ich habe gar nicht gewusst, was ich sagen sollte. Ich plauderte einfach über das Nächstbeste, was mir einfiel.« Sie legte wieder kurz die Hand auf meinen Arm. »Stell dir vor: Ich hatte gerade in einer Zeitschrift geblättert und laberte über das, was ich da sah: Eine Werbung für Portugal und einen Artikel über Cocktailbars.« Sie schüttete sich aus vor Lachen, und auch ich war guter Stimmung.

**

Betty und Lou schienen sich bestens zu verstehen. Socks schielte immer mal wieder hinüber. Ihn machte die Situation nervös, obwohl augenscheinlich alles gut lief. Man konnte sich leider nicht zu mehreren unterhalten, sondern musste einander mehr oder weniger ins Ohr schreien. Darrel und er unterhielten sich über den neuen Song, aber Darrel war nicht so ganz bei der Sache. Er schaute immer wieder lächelnd zu Lou, was Socks sehr irritierte.

Neben ihm diskutierten James und Dylan, aber er konnte sie nicht verstehen. Aus Satzfetzen schloss er, dass es um Fotografie ging. Damit kannte er sich überhaupt nicht aus. Auf der anderen Seite von Darrel lachten Lou und Betty fröhlich, und Socks fühlte sich plötzlich aus unerklärlichen Gründen einsam und ausgeschlossen.

Er sah sich gedankenverloren im Pub um. Da traf ihn fast der Schlag. Nick!

Nick sah sich ebenfalls um, kam dann zielstrebig an Socks' Stehtisch und drückte sich zwischen Socks und Darrel. »Hi! Dachte ich mir doch gleich, als ich dich sah, dass ich Betty bei euch finde«, rief er Socks ins Ohr. Er winkte zu ihr hinüber, doch sie war zu sehr in das Gespräch mit Lou vertieft, um ihn zu bemerken.

»Sie ist ganz verrückt nach euch«, fuhr er fort. »Da kann ich alter Mann natürlich nicht mithalten. Das sehe ich ein.« Er lachte und hob grüßend die Hand. James und Dylan grüßten begeistert zurück.

»Ihr Großvater konnte Banjo spielen, und als sie Darrel mit so einem Teil herumhantieren sah, war sie hin und weg! Ihr habt einen treuen Fan gefunden! Tut mir auch echt leid, dass wir uns gestern verpasst haben. Ich war so fertig, dass ich bald schlafen ging. Wenn ich gewusst hätte, dass du in unserer Küche sitzt, hätte ich natürlich meine alten Knochen zusammengesammelt und dazugepackt. Wir drei hätten es uns auch auf der Couch gemütlich machen und mal näher kennenlernen können. Die harten Stühle macht auf Dauer mein Rücken nicht mehr mit. Ihr seid echt eine klasse Band! Sean hat nicht zu viel versprochen! Sagt doch mal Bescheid, wenn ihr wieder auftretet, ja? Bettys Nummer hast du, schätze ich, aber ich kann dir auch noch meine geben.«

Betty hatte ihn inzwischen gesehen und sich offensichtlich von Lou verabschiedet. Sie winkte den anderen fröhlich zu und verließ mit Nick den Pub.

6. Feuer und Wasser

An eines konnte ich mich einfach nicht gewöhnen: das englische Frühstück. Schon allein der Anblick war für einen Frühstückmuffel wie mich eine Herausforderung, aber der Geruch gab mir regelmäßig den Rest.

Dennoch setzten Darrel, der sich Porridge gemacht hatte, und ich uns mit unseren Teebechern zu James, der mir ungefragt erklärte, dass er auf diese Weise auf den Lunch verzichten konnte. Er hatte nämlich Großes vor. Auf dem zweiten Tisch lag ein Buch aus der Leihbibliothek: *Krieg und Frieden* von Tolstoi.

»Wenn ich lese, höre ich übrigens überhaupt nichts, was um mich herum oder in angrenzenden Schlafzimmern passiert«, erläuterte er scheinheilig.

»Sind wir Karnickel?«, erkundigte sich Darrel interessiert.

»Was man so hört …«

»Ich dachte, du hörst nichts?«, fragte ich.

»Nur, wenn ich lese.«

»Dann lies mehr. Lesen bildet!« Darrel schlug ihm auf die Schulter.

James deutete einen Faustschlag an. »Oder wie Sean sagen würde: Ihr kennt die Hausordnung – keine Messerstechereien beim Frühstück!«

»Lou und ich gehen nachher in die National Portrait Gallery.«

»Ich dachte, die Phase sei vorbei.«

118

»Ich kann einfach nicht genug von dem Bild bekommen.« Darrel lachte.

»Welches?« Jetzt war meine Neugier geweckt!

»Die Brontë-Schwestern.« James mimte ein irres Gelächter und säbelte an einem der Würstchen herum.

Angewidert wandte ich den Blick von seinem Teller ab und sah lieber in Darrels hellgraue Augen, die heute fast weißlich leuchteten. Draußen schien die Sonne bis zum Abwinken.

James erklärte: »Vor ein paar Wochen lief er fast jeden Tag dorthin, um sich diesen fürchterlichen Schinken anzusehen. Er war wie verhext. Wir machten uns langsam Sorgen und boten bei eBay wie wild auf eine Zwangsjacke. Sein Geburtstag stand schließlich an.«

»Das ist doch das Faszinierende an der National Portrait Gallery, dass nicht der Maler, sondern der Portraitierte der Grund dafür ist, dass ein Bild ausgestellt wird. Das kann anrührend sein wie bei Jane Austen und belustigend wie bei den Brontë-Schwestern.« Ich schaute dabei angestrengt auf James' Augenpartie und ignorierte unter Aufbietung aller geistigen Kräfte seinen Tellerinhalt und das, was er zum Mund führte.

»Belustigend? Ich nenne es Perversion.« Darrel nahm einen Schluck Tee und fuhr fort: »Ich kann nichts über die Machwerke der drei Ladys sagen, weil ich nur Wuthering Heights in der Schule gelesen habe und das unter Protest. Aber dieses Portrait hat keiner verdient. Ich habe es mir wieder und wieder angesehen, und irgendwann konnte ich nicht mehr anders, als einen Song über diesen

Loser zu schreiben, der seine Schwestern als Monster malt und sich selbst nachträglich aus dem Bild herausnimmt. Und das auf so schaurige Weise, dass man am liebsten einen Exorzisten rufen möchte.«

»Wusste ich gar nicht, dass du einen Song über das Bild geschrieben hast. Spiel ihn doch mal vor.« James schien ehrlich erstaunt zu sein.

»*Branwell's Portrait*?«

»Ach, den! Hm … Ja, darin geht es um einen Loser und drei Frauen. Ich dachte immer, es ginge um ein Portrait irgendeines Mr Branwall. Also eines, auf dem er abgebildet ist. So wie beim *Bildnis des Dorian Gray*. Oder eines im übertragenen Sinne. Da ich nicht weiß, wer Branwell, Charlotte, Emily und Anne sind, habe ich das nie auf das Bild bezogen. Jetzt ergibt das endlich alles einen Sinn. Warum erwähnst du nicht den Namen Brontë für so Banausen wie mich?«

»Weil der Song zwei Bedeutungen hat, und ich eine dadurch so sehr hervorheben würde, dass die andere untergeht.«

»So geht aber auch eine Bedeutung verloren.«

»Verbindlichsten Dank! Socks fand den Song auch scheiße.«

»Socks findet Balladen generell scheiße. Spiel ihn Sean vor. Der wird begeistert sein.«

»Es ist mir nicht wichtig.«

»Sei nicht eingeschnappt.«

»Bin ich nicht. Der Song eignet sich nicht für *Hamlet's Mates*. Das ist mir klargeworden.«

»Ich kann dazu nichts sagen, weil ich nur der verschwitzte Trottel bin, der auf einem Hocker sitzt und auf alles eindrischt, was zufällig vor ihm steht. Aber ich sag es trotzdem: Wir brauchen endlich auch langsamere Nummern, damit alle zwischendurch mal zur Ruhe kommen.«

»Solange wir nur für andere die Vorgruppe sind, wäre das kontraproduktiv.«

»Wie gesagt, ich baue dort hinten nur meine Aggressionen ab und trinke Ginger-Ale. Mal was anderes: Wisst ihr, was Nick gestern von Socks wollte? Die Dreiecksgeschichte wird immer unheimlicher! Socks hat regelrecht Panik.«

»Welche Dreiecksgeschichte?« Darrel trug seine leere Porridgeschüssel in die Küche.

»Nick, Betty und Socks. Das scheint Nick gar nicht zu stören«, rief ihm James hinterher.

»Was sollte ihn stören?«, fragte ich verwundert.

James brüllte: »Lass deine großzügigen Ansichten mal besser nicht Darrel in der Küche hören. Der hält, soviel ich weiß, nichts von freier Liebe, Gruppensex und Partnertausch!«

»Hat Socks ein Verhältnis mit Nick?« Darrel setzte sich wieder neben mich.

»Jetzt wird es zu kompliziert für mich!« James schob sich den Rest Rührei in den Mund und lehnte sich zurück. »Erklär das mal dem Doofen, dessen Musikerkarriere am heimischen Topfschrank begann.«

»Nick ist homosexuell. In welchem Verhältnis er zu Betty steht, weiß ich nicht.« Darrel feixte.

»In einem engen verwandtschaftlichen«, ergänzte ich. »Sie ist seine Halbschwester.«

James bekam einen Lachanfall und brauchte eine Weile, um sich zu beruhigen. »Sagt ihr das

Socks, oder soll ich? Ich will auf jeden Fall dabei sein, damit ich sein Gesicht fotografieren kann.«

»Das hat keine Eile. Er ist momentan angenehm bescheiden. Mir macht so die Zusammenarbeit mehr Spaß.« Darrel lächelte unschuldig.

***

Socks steckte sein Mobiltelefon weg. »Sie kommen, so schnell sie können.«

»Super!« Nick strahlte. »Dann hoffe ich, dass Dylan demnächst die SMS sieht und auch Zeit für uns hat.«

»Tut uns echt leid, dass wir euch so kurzfristig überfallen, aber ich habe nächste Woche Spätschicht.« Warum die beiden, mit Betty im Schlepptau, plötzlich so dringend in einem fremden Proberaum Livemusik hören wollten, erwähnte Tom, der Leadgitarrist und Songwriter von Arthur's Wharf, jedoch nicht.

»Wir können einfach so ein bisschen was spielen«, schlug Sean nervös vor.

»Ja, klasse! Ich wollte schon immer mal mit Bass- und Schlagzeugbegleitung singen!« Socks verdrehte die Augen. »Normalerweise klatsche ich dabei immer nur in die Hände und brülle nach dem Refrain: *aye aye yippee yippee aye*!«

Betty bekam einen hysterischen Lachanfall. Nick und Tom grinsten verständnisvoll. Nur bei James und Sean schien Mordlust in den Augen zu lodern.

Jetzt macht euch mal locker, Brüder. Die zwei beißen nicht! Socks hatte Oberwasser, seit ihn James zwischen Tür und Angel kurz in Nicks Verwandtschaftsverhältnisse eingeweiht hatte.

»Kein Problem. Wir warten gern auf Darrel.« Nick lächelte freundlich. »Bis dahin könnt ihr mir mal erklären, in welche Stilrichtung ihr eure Musik einordnet.«

»In eine stillose« Socks zwinkerte Betty zu, die wieder lauthals lachte.

»Siehst du, Nick! Das habe ich dir gleich gesagt!« Tom grinste. »Und für die Einschätzung musste ich nicht mal am Bühneneingang herumlümmeln wie du.«

»Das Groupieverhalten steckt mir in den Genen. Dagegen kann man nicht an. Schon meine Großmutter warf Militärkapellen Kusshändchen zu«, konterte Nick.

Die Tür öffnete sich, und Maggie brachte ein Tablett mit Gläsern, einer Flasche Whisky und einer Wasserkaraffe.

»Wo war die Flasche denn versteckt?«, fragte Sean erstaunt.

»Wenn ich das verraten würde, wäre es kein Versteck mehr.« Sie wandte sich an Betty: »Was möchtest du trinken? Ich habe auch Wein da, wenn du willst. Oder etwas ohne Alkohol?«

»Hast du eine Cola für mich?«

»Ja, natürlich. Darauf habe ich auch Lust.« Maggie strahlte und düste zur Tür.

Dort rannte sie beinahe Darrel über den Haufen, der mit zwei Gitarrenkoffern angewetzt kam, dicht gefolgt von Lou, die einen etwas verdatterten Eindruck machte.

»Und hier kommt Darrel, unser Oktopus«, stellte Socks fest. »Er kann nicht nur gleichzeitig zwei Gitarren und ein Banjo spielen, sondern sich noch nebenbei im Schritt kratzen und …«

»… dir den Finger zeigen«, fiel Darrel ihm ins Wort.

»Zeig mal her, was du da hast.« Tom sprang auf und schaute neugierig in den Koffer. »Du spielst auch E-Gitarre? Richtig! Du solltest ursprünglich bei dem Sauhaufen aushelfen.«

»Das ist übrigens Lou, falls das noch irgendjemanden interessiert«, rief Betty fröhlich und rutschte auf der Bank ein Stück zur Seite, damit sich Lou setzen konnte.

Die sind ja schon allerbeste Freundinnen! Socks war baff. *Noch unterschiedlicher als die zwei Exemplare können Frauen doch gar nicht sein.*

»Lass mal was hören!«, schlug Tom vor, der Lou geistesabwesend zugenickt hatte.

»Ja, spiel *Yesterday* von den Beatles!« Socks war in seinem Element. Er mochte Darrel sehr, aber er konnte es einfach nicht lassen, ihn zu ärgern.

Darrel wurde rot, hängte sich die E-Gitarre um, schloss sie an und spielte *Yesterday* so schnell und punkig, dass man es nur noch am Text, den er dazu grölte, eindeutig erkennen konnte.

Alle lachten, und Betty klatschte begeistert Beifall.

»Man reiche Lou das Riechsalz«, meinte Sean trocken.

Niemand hatte Maggie hereinkommen gehört. Sie stand lächelnd mit einem gut gefüllten Tablett an der Tür.

So stolz wie eine Mutter, deren Sohn soeben zum ersten Mal fehlerfrei Mami gesagt hat, dachte Socks. *Dass hier jemand unbedingt eigene Wege gehen möchte, fällt wohl nur mir auf.* Irgendetwas lief gerade mächtig schief. Doch Socks wusste nicht, was genau ihn so verbitterte.

***

Am Mittwochnachmittag flog ich mit Martin, unserem Boss, und Tim, unserem Teamleiter, nach Köln zu einer Abschlusspräsentation, die für den nächsten Tag angesetzt war.

»Die Letzten werden die Ersten sein«, hatte Tim in der Teambesprechung am Montag gescherzt, aber allen war klar, dass einzig das Reiseziel und meine Nationalität der Grund dafür waren, dass man eine relativ neue Mitarbeiterin wie mich mitnehmen wollte.

In meiner Stellenbeschreibung war explizit auch die Pflege der deutschsprachigen Kundenkontakte aufgeführt. Zum Glück erwartete niemand von mir, einen Vortrag zu halten, denn das hätte ich nervlich nicht überlebt. Ich sollte lediglich Sprachbarrieren einebnen, wie es Martin nannte, und vermutlich fleißig lauschen, was beim Kunden alles so nebenbei auf Deutsch besprochen wurde.

»Fahr deine Fühler aus und sag uns sofort Bescheid, wenn ein Funken Missstimmung aufkommt!« Was auch immer mir Martin damit andeuten wollte. Ich kannte das Projekt nur flüchtig, da ich nicht daran mitgearbeitet hatte. Das konnte ja heiter werden!

Vor dem Fliegen hatte ich keine Angst, aber die Sicherheitskontrollen am Flughafen empfand ich als lästig. Die Firmenlaptops, die wir nicht in den Handgepäckstücken lassen durften und separat vorzeigen mussten, waren nicht nur hochwertig, sondern enthielten auch alles, weshalb wir unterwegs waren.

»Verluste gibt es immer«, scherzte Martin. »Wenn man uns zwei Laptops klaut, haben wir die Präsentation immer noch auf dem dritten, und ihr könnt eure Notizen auf Notebooks aus Papier machen. Was sich über Jahrhunderte hinweg bewährt hat, kann nicht wirklich schlecht sein, sagte der Inquisitor. Aber wenn mein Smartphone weg ist, werde ich zum Tier.« Er zerzauste sich mit beiden Händen die Frisur und rollte mit den Augen.

Ich trug an dem Tag absichtlich einen BH ohne Bügel, weil ich schon einmal an einem Flughafen mit einem Handgerät auf Metallgegenstände untersucht worden war. Im Beisein meiner Chefs hätte ich mich geschämt, wenn es auf Höhe der Brust gepiepst hätte. Die Gestaltung meiner Unterwäsche ging die schließlich einen Dreck an.

Im Gegenzug musste ich mir ein Grinsen verkneifen, als meine Begleiter ihre Gürtel aus den Hosen entfernten. Es hatte etwas von einem beginnenden Massenstriptease, wie die Dienstreisenden um mich herum hektisch ihre Jacketts auszogen, die

Hosentaschen leerten und beherzt die Gürtel-
schnallen öffneten. Am liebsten hätte ich gerufen:
»Bitte! Bitte! Die Hosen bleiben aber an! Ich will
nachher noch was essen können!«

»Wir sollten beim nächsten Mal mit dem Euro-
star fahren«, grummelte Tim, als das Gepäck zur
Krönung des Tages schneller vorankam als wir
selbst, weil vor uns ein nervös herumzappelnder
Mittfünfziger einen halben Metallwarenladen in
seinen Hosen- und Hemdtaschen mit sich führte
und lauf schimpfend den ganzen Betrieb aufhielt.

»Ist die gut?«, fragte mich Martin, als wir endlich unsere Siebensachen zusammengesammelt
hatten, und deutete auf die parfümfreie Gesichtscreme in meinem Plastikbeutel, den ich zusammen
mit dem Laptop wie heißgeliebte Gegenstände an
mich presste. Er schien es ehrlich wissen zu wollen,
aber es war mir trotzdem peinlich.

Im Gegenzug wusste ich nun, dass er empfind-
liche Zahnhälse hatte und eine Spezialzahncreme
verwendete. Und er war offensichtlich auf der Suche nach einer guten Gesichtscreme für zarte Haut.

Als ich nach der Landung in Köln mein Mobiltelefon einschalten durfte, fand ich eine SMS von Julia
vor: »Ruf mich sofort an!!!!!«

Erst dachte ich, sie habe mich mit Gavin/Kevin
verwechselt, mit dem sie seit dem Wochenende
wieder Kontakt hatte, wie sie mir am Sonntag mit
verschwörerischer Miene erzählt hatte. Seither
hatte ich sie nicht mehr gesehen und nahm an, dass
sie sich seit Tagen bei ihm aufhielt.

Als ich sie anrief, war jedoch sofort jeder Irrtum ausgeschlossen.

»Hier ist alles nass vom Löschen. Zwei Wohnungen über uns hat es heute Vormittag gebrannt, und jetzt tropft es hier von der Decke. Ich kann meine Sachen bei meinen Eltern unterstellen und dort schlafen, aber für dich ist da beim besten Willen kein Platz. Mein altes Zimmer ist vollgestellt mit Möbeln. Kannst du bei deinem Freund unterkommen?«

»Ach, du Schande!« Freund? War Darrel mein Freund?

»Ich habe ein paar Schüsseln aufgestellt, aber das kannst du vergessen. Da kommt immer mehr durch. Das sucht sich überall Wege. Du musst sofort kommen und deine Sachen packen, damit ich die Möbel aus deinem Zimmer räumen kann. Ich dreh mich hier seit Stunden mit meiner Mutter im Kreis und kann nicht mehr!« Sie schluchzte.

»Ich bin in Köln!«, stammelte ich völlig entsetzt.

»Wo bist du?«

»In Köln. Das ist in Deutschland. Ich habe dir einen Zettel auf den Tisch gelegt.«

»Habe ich dich doch richtig verstanden. Hier ist alles nass! Das Wasser kommt an den Lampen und an den Ecken aus der Decke! Den Zettel hat es vom Tisch gespült oder was auch immer.« Sie konnte nicht mehr weitersprechen und weinte nur noch.

Mir kamen auch die Tränen. »Ich rufe Darrel an. Den musst du aber reinlassen, weil er keinen Schlüssel hat.«

Plötzlich hörte ich eine fremde Stimme am Telefon: »Hier ist Julias Mutter. Wir räumen Ihre Sachen in Müllsäcke und lassen die im Zimmer stehen, damit wir die Möbel, die Julia gehören, mitnehmen können. Der Schreibtisch ist Ihrer, sagt sie. Geben Sie der Person, die Ihre Sachen holt, Julias Nummer. Dann kommen wir her und schließen auf. Angeblich darf ab morgen niemand mehr ins Haus. Ich bin mit dem Auto da und kann ein paar Dinge für Sie transportieren, wenn wir fertig sind, aber Platz haben wir leider keinen für Sie.«

Ich bedankte mich mit zitternder Stimme und rief bei Darrel an. Er war inzwischen daheim und versprach, sofort zu Julias Wohnung zu fahren, ein paar Kartons mitzubringen und sich um alles zu kümmern. Ich gab ihm ihre Nummer und versuchte, mich wieder zu beruhigen.

»Liebeskummer?«, fragte mich Tim auf dem Weg ins Hotel.

Ich schilderte ihm kurz, was passiert war und merkte, wie mir die Tränen in die Augen traten.

Martin, der vorn neben dem Taxifahrer saß, drehte sich zu mir nach hinten und erkundigte sich besorgt: »Möchtest du wieder zurückfliegen?«

»Am liebsten ja, aber vermutlich ist es nicht notwendig. Ein Freund hat mir versprochen, sich um alles zu kümmern. Julia und ihre Mutter packen meine Sachen in Müllsäcke. Wenn es nicht schon zu spät ist.« Wieder füllten sich meine Augen mit Tränen.

»Sehr tapfer! Dann muss ich dich also nicht entlassen. Sorry. Böser Scherz. Wenn du es dir noch anders überlegst, kommen wir auch ohne dich irgendwie klar.«

»Danke. Es wird schon gehen. Viel besitze ich nicht, aber den Computer würde ich gern retten und meine persönlichen Unterlagen. Außerdem brauche ich am Freitag auch etwas zum Anziehen, das nicht muffig riecht.«

»Warum? Damit würdest du in meinem Team nicht auffallen«, scherzte Tim.

»Ich gebe dir Freitag frei als Zeitausgleich für die Dienstreise.« Martin drehte sich wieder nach vorn, und ich bedankte mich herzlich.

***

»Niedlich!« Socks hielt eines von Lous Höschen hoch und bekam von Maggie tatsächlich zum ersten Mal leicht was hinter die Ohren und das Objekt seiner Bewunderung weggenommen.

All die Jahre hatte sie Schläge immer nur zwinkernd angedeutet, sodass er sich nicht sicher war, ob es diesmal mit Absicht oder aus Versehen geschah. Sie entschuldigte sich jedenfalls nicht, fiel ihm auf, sondern blickte ihn stinksauer an.

»Au!« Socks taumelte, fing sich, taumelte weiter, stolperte theatralisch in Richtung Dachbodentreppe und bekam von Sean einen Stoß in die Rippen, damit er Darrel und James Platz machte, die Kartons mit Büchern heraufbrachten.

»Ihr kennt die Hausordnung: Keine Messerstechereien auf dem Dachboden«, äffte Dylan Seans Tonfall perfekt nach.

»Ihr kümmert euch um die Bücher und ich mich um die Kleidung, wie wir es besprochen haben.« Maggie zog ein paar zusätzliche Leinen durch freie Haken und hängte weitere Kleidungsstücke aus dem vor ihr stehenden Müllsack darüber. Die Wäscheklammern waren ihr schon längst ausgegangen, als sie die Unterwäsche auf ein Wäschetrockengestell verteilt hatte.

»Und da sagen die Frauen immer, sie hätten nichts anzuziehen«, lästerte Socks. »Hier sieht es aus wie im Kaufhaus. Und was ist das?«

»Ihr Strickzeug«, antwortete Darrel.

»Ich hielt das bisher für einen Scherz von Julia!«

»Hier, junger Mann, Bücher auspacken und aufgefächert auf den Boden stellen!«, kommandierte Sean. »Deine Obsession für Damenbekleidung lässt sonst auf Defizite in einem privaten Lebensbereich und/oder eine geheime Leidenschaft für Cross-Dressing schließen. Alle anderen sind nämlich ganz entspannt bei der Sache.«

»Nimm du ruhig die Verpackung, wenn du mir den Inhalt lässt«, meinte Darrel großzügig zu Socks und legte Lous Ordner mit wichtigen persönlichen Unterlagen wieder in eine inzwischen leere Kiste, um ihn in seine Wohnung zu bringen und die Seiten dort auszubreiten.

Socks nahm zwei Romane aus einem Karton und betrachtete sie interessiert. »Deine Freundin muss ja viel klüger sein als wir, wenn sie sogar Bücher auf Deutsch lesen kann.«

***

131

Als ich am Donnerstagabend müde aus Deutschland zurückkam, stellte ich fest, dass ich während meiner Abwesenheit, ohne es zu wissen, bei Darrel und James mit Sack und Pack eingezogen war.

Der Löwenanteil meiner Besitztümer war auf dem Dachboden zum Trocknen ausgebreitet, weil alles laut Maggies Aussage zwar nicht wirklich nass, aber ein wenig klamm gewesen war.

Mein kleiner Schreibtisch mit dem Computer stand im Wohnzimmer der Parterrewohnung neben der Eingangstür. In einem Fach im Badezimmerregal fand ich, hübsch der Größe und nicht dem Zweck nach aufgereiht, meine Flaschen, Dosen, Tuben und Tiegelchen.

Auf Darrels Bett lag etwas Kleidung von Maggie, die sie mir für die nächsten Tage lieh, weil ich meine Sachen ihrer Meinung nach besser alle waschen sollte.

Ja, sie entschuldigte sich sogar dafür, dass sie keine Zeit gehabt hatte, damit zu beginnen, woraufhin ich sie in den Arm genommen und mich mit zitternder Stimme für ihre Hilfe bedankt hatte.

Bei den anderen Umzugshelfern bedankte ich mich natürlich auch, aber sie schienen das alles ganz lässig zu sehen. Vermutlich war das wieder so eine Londoner Selbstverständlichkeit, von der ich nur noch nie gehört hatte.

Es erinnerte mich an das Telefonat mit Martin, der mir damals vor etwa einem Dreivierteljahr mitgeteilt hatte, dass ich nicht nur den Job haben, sondern auch bei der Tochter seiner Cousine zur Untermiete wohnen könne.

Während James kochte, saßen Darrel und ich auf der Couch im Wohnzimmer und hielten Händchen wie Teenager.

»Für mich ist es ein merkwürdiges Gefühl, bei dir sozusagen einzuziehen. Ist dir das überhaupt recht?«

»Ja.« Er schenkte mir sein Verstandkillerlächeln.

»Ich meine, dass das vielleicht eher ein Missverständnis ist. Ich wollte nur mich und ein paar wichtige, persönliche Sachen bei dir unterstellen, bis die Wohnung renoviert ist.«

»Sean hat das dumpfe Gefühl, dass ihr so schnell nicht mehr zurückkehren könnt. Durch die schlampige Teilung der Etagenwohnungen haben am Ende das ganze oberste Stockwerk und der Dachstuhl gebrannt, und alle darunterliegenden Wohnungen sind klitschnass. Ab heute darf angeblich keiner mehr hinein. Solche Unglücke werden gern zum Anlass genommen, ein Haus abzureißen oder zumindest so zu sanieren, dass ihr euch die Wohnung nicht mehr leisten könnt. Jetzt habe ich dich also dort, wo ich dich haben will. Und so bald schon! Huuuaaa-hahaha!« Er mimte ein schreckliches Hohnlachen, was aber lediglich süß aussah bei ihm. »Du solltest dir einen Kleiderschrank zulegen. Meiner ist definitiv zu klein«, wechselte er abrupt das Thema.

»Dein Zimmer ist doch auch zu klein für zwei Personen.«

»Wir werden uns eben notgedrungen übereinanderlegen müssen.« Er feixte. »Aber ansonsten sehe ich kein Problem. Das Wohnzimmer hat noch genug Stellfläche für einen schmalen Schrank und ein Bücherregal. James und ich sind inzwischen gewöhnt, dass es von Frauen möbliert wird, weil wir zu faul dazu sind.«

»Und was ist, wenn du irgendwann die Schnauze voll hast von mir? Wir kennen uns kaum«, fragte ich ihn ernst.

»Von Socks habe ich auch die Schnauze voll, und wir komponieren trotzdem seit Jahren zusammen.«

»Du bist leidensfähig?«

»Sehr. Und wenn du die Schnauze voll hast, nehmen Socks und Dylan dich in ihrem Wohnzimmer auf.«

»Wie bitte?«

»Ja, das hat Socks allen Ernstes vorgeschlagen. Wir hatten dort zu viert gehaust, bevor diese Wohnung hier freiwurde. Er vermisst wohl die Enge als Entschuldigung für sein Chaos. Ich bin ihm jedenfalls sehr dankbar für sein Angebot! Die Aussicht, in dem Dreckloch schlafen zu müssen, wird dich nach jedem Streit spätestens am Abend in meine Arme treiben.« Er sah sehr zufrieden aus.

»Das nennt man übrigens Multitasking«, erklärte uns Socks beim gemeinsamen Abendessen. »Im Ausland Kunden becircen, daheim aus der nassen Wohnung ausziehen, ins Haus des Grauens einziehen und auch noch von einem Banjospieler vermisst werden. Das schafft nur eine wahre Powerfrau alles gleichzeitig!«

»Dir ist klar, dass du hier nie wieder lebend herauskommst?«, fragte mich Dylan mit düsterem

Blick. »In den letzten zehn Jahren sind die Bewohner dieses Haus entweder gar nicht ausgezogen oder haben es ausschließlich im Sarg verlassen. Deshalb wohnen wir hier so beengt. Wir haben alle schreckliche Angst!«

Die anderen lachten, und mein dummes Gesicht war sicherlich fünf Pfund wert.

»So ganz stimmt das nicht. Mrs Millner ist in ein Pflegeheim gezogen«, korrigierte ihn Sean.

»Aber es ging ihr sehr schlecht dabei! Und wer weiß, wie lange sie dort die feige Flucht überlebt hat«, antwortete Dylan mit Grabesstimme.

»Keine Angst, Lou. Bei den anderen haben wir die Blutlachen notdürftig weggewischt und einen Teppich drübergelegt. Die hier haben wir mit Deo besprüht.« Socks deutete auf die Couch vor dem Erker.

»Jetzt ist aber mal gut, ihr Clowns. Ich bin meiner Großmutter sehr dankbar, dass sie mir das Haus vererbt hat. Trotzdem habe ich brav gewartet und nicht mit dem elektrischen Dosenöffner nachgeholfen. Sie war eine sehr nette ältere Dame, die mich lediglich zum Ende hin ab und an für ihren Bruder gehalten und wüst beschimpft hat. Er war aber auch ein schreckliches Ekel gewesen, muss ich zu ihrer Verteidigung sagen.«

»Und auf unserer Couch ist noch keiner gestorben. Zumindest bis jetzt …« James blickte fröhlich von einem zum anderen, machte aber, als ich an der Reihe war, ein ernstes Gesicht und deutete mit dem Daumen das Aufschlitzen einer Kehle an.

»Die alten Damen sind friedlich in ihren Betten entschlafen.« Maggie blickte gespielt unschuldig an die Decke. »Ihre Matratzen liegen jetzt irgendwo in dem Stapel bei Socks und Dylan im Wohnzimmer. Zumindest wäre das eine plausible Erklärung für den Geruch dort.«

»Ich kann dir leider kein eigenes Zimmer mit Bad anbieten.« Sean schien das tatsächlich ernst zu meinen.

Dabei war ich die Letzte, die sich darüber beschwert hätte!

Er fuhr fort: »Bis Ende September betrachten wir dich als Gast. Danach hätte ich gern, wie von den anderen auch, dreißig Prozent deines Nettoeinkommens als Miete einschließlich Kostgeld und Nebenkosten. Ist das okay?«

Ich nickte und bedankte mich. Im Kopf überschlug ich kurz die Zahlen und kam zum Schluss, dass das günstiger als mein Zimmer bei Julia war.

Maggie ergänzte: »Waschmaschine steht im Keller. Starte sie aber nicht, wenn Demoaufnahmen geplant sind, weil man das Schleudern im Proberaum hört. Einen Trockner haben wir auch. Ansonsten gibt es auf dem Dachboden Wäscheleinen. Sachen, die du nicht täglich brauchst, kannst du daneben in die kleine Mansarde stellen. Halt die Luft an, wenn du an der zweiten Etage vorbeikommst. Hinter der Tür verbirgt sich ein biochemisches Langzeitexperiment.«

»Unser Badezimmer ist blitzblank!«, protestierte Dylan.

»Nachdem ich die Küche gesehen habe, wage ich mich ins Bad gar nicht erst hinein. Ihr habt nur deshalb keine Ratten, weil die Angst haben, vom Passivrauchen Lungenkrebs zu bekommen.«

Ich war offensichtlich in eine Art Kommune eingezogen. Gut zu wissen.

***

»Lous dummes Gesicht war zum Brüllen komisch! Willst du auch ein Bier?«, rief Dylan aus der Küche.

»Yep.« Socks lag im Wohnzimmer auf einer der Matratzen und sortierte ein paar Notizen. »Sie war wahrscheinlich tierisch müde. Es wird einem nicht alle Tage von der Feuerwehr die Bude in die Themse gespült, während man sich im Ausland zum Kasper machen muss.«

»Ich habe mich nur gewundert, dass sie nicht sofort zurückgekommen ist. Sie muss ganz schön ehrgeizig sein.«

»Was hätte das geändert? Sie hätte höchstens einen Tag früher gewusst, dass sie ab sofort für alle Zeit bei Darrel wohnt. Schlechte Nachrichten kann man gar nicht spät genug erfahren.« Socks strich fleißig Wörter durch und kritzelte andere an den Rand. »Ich hätte an ihrer Stelle spontan das Wochenende drangehängt und die Kölner Kneipenszene unsicher gemacht, damit mir Maggie währenddessen in Ruhe die Klamotten durchwäscht. Die war wieder voll in ihrem Element.«

»Sie wollte wahrscheinlich kein Spielverderber sein.«

»Ja, genau!« Socks lachte schallend. »Ich frage mich aber manchmal auch, welchen Eindruck wir alle auf Lou machen. Nach außen hin ist sie nett und lächelt, aber innerlich rennt sie bestimmt im Zehnminutentakt schreiend davon.«

»Das muss wahre Liebe sein.«

»Das ist ein Thema für sich. Wenn die so weitermachen, brechen sie Sean und Maggies Rekord und heiraten in zwei Wochen.«

»Horror!« Dylan schüttelte sich. »Normalerweise stehe ich auf dem Standpunkt: Je weniger ich über eine Frau weiß, desto besser. Aber ich ziehe auch mit keiner zusammen.«

»Ich werde aus Lou nicht schlau. Mal umarmt sie Maggie mit Tränen in den Augen oder lacht im Pub mit Betty, dass die Wandtäfelung herunterkommt, und ein anderes Mal drückt sie mir einen Spruch rein, der sich gewaschen hat.«

»Damit passt sie doch super zu Darrel.« Dylan zündete sich eine Zigarette an.

»Auch wieder war.«

»Womit ich nicht fertigwerde, ist ihr merkwürdiger Beruf! Früher haben wir über die Typen im Pub gelacht. Als sie an dem Freitag neben denen stand … Und du hast sie ganz cool angequatscht.«

»Ich liebe die Herausforderung! Außerdem habe ich Julia angequatscht.«

»Was macht die jetzt eigentlich?«

»Ihre stylishen Klamotten auswringen, schätze ich.«

»Sean meint, dass Lou von Julia abgezockt wird.«

»Woher will er das wissen?«

»Die Mutter hat irgendeine Bemerkung fallen gelassen, dass Lou der armen Julia doch so sehr geholfen hat und gern sofort wieder einziehen darf, wenn die Renovierung abgeschlossen ist. Deshalb hat sie auch zwei Fuhren im Auto mitgenommen, als sie sah, dass wir keines haben. Man will sich Lou offenbar warmhalten. Es ist gar nicht so selten, dass der Untermieter als Ausgleich fürs kleinere Zimmer den größeren Anteil an der Miete zahlen darf. Als Sozialarbeiter kommt Sean das offenbar häufiger unter.«

»Streng genommen zahlt sie jetzt aber auch den größeren Anteil.«

»Wieso?«

»Weil Sean die Miete so spaßig kalkuliert, und sie im Vergleich zu uns wahrscheinlich ein Schweinegeld verdient.«

»Danach sieht sie gar nicht aus!«

»Ab einem bestimmten Gehalt kann man es sich offenbar leisten, in Jeans zur Arbeit zu gehen. Die einzigen edleren Klamotten hatte sie in Deutschland dabei. Ich hätte sie vorhin fast nicht erkannt, als sie in ihrem putzigen, schwarzen Kostümchen vom Flughafen kam.« Socks lachte. »In den Schuhen hatte sie Beine bis zum Boden.«

»Was will sie dann von Darrel?«

»Hallo? Liebe ist doch kein Geschäft! Und er nagt auch nicht am Hungertuch. Andererseits … Wer weiß, was die Ritter des Maßband-Ordens wirklich verdienen, wenn sie für andere arbeiten?«

»Ist er ihr Toyboy?« Dylan musste über seinen eigenen Witz lachen.

»Frag ihn.«

***

Ich starrte in die Dunkelheit und lauschte Darrels gleichmäßigen Atemzügen. Das fremde Bett war sicherlich nicht der Grund, warum ich nicht einschlafen konnte, denn so fremd war es mir inzwischen nicht mehr. War ich übermüdet? Wie ein kleines Kind, das kreischend durch die Wohnung rennt, weil man versehentlich seine Schlafenszeit verpasst hat?

Es war nicht schlimm. Ich konnte ausschlafen. Martin hatte Wort gehalten und mir den Freitag freigegeben. Aber was war nur los mit mir? Alle waren nett. Beim Gedanken daran, mit welcher Selbstverständlichkeit man mir geholfen hatte, stiegen mir wieder die Tränen in die Augen.

Dennoch war da ein ungutes Gefühl. Meist wurde einem irgendwann die Rechnung präsentiert. Oder war das nur in meinem Leben immer so gewesen? *Bedingungslose Freundschaft* nannte man das wohl. Ich hatte damit keine Erfahrung. Bis jetzt.

Oder bildete ich mir das nur ein? In den ersten sechs Wochen einer Beziehung ist man Opfer der Chemie. Danach kommt der Hormonhaushalt ins Gleichgewicht, und entweder trennt man sich oder entwickelt echte Gefühle füreinander.

Wie viele Tage kannten wir uns? Vielleicht sollte ich statt der Tage lieber eine Schafherde durchzählen, wenn ich einschlafen wollte. Die wäre ergiebiger.

Ich spürte Darrels Hand an meiner Wange. Hatte ich mich zu oft umgedreht und ihn geweckt?

»Angst?«, flüsterte er.

Hatte ich die? War Angst das merkwürdige Gefühl, das ich nicht einordnen konnte? »Vielleicht«, antwortete ich ehrlich.

»Verständlich. Schließlich bin ich ein grauenhafter Mensch, der wahllos fremde Frauen auf der Straße anspricht und sie mitsamt ihrem Besitz in seine Wohnung holt, damit seine Vermieterin ihnen das Eintopfkochen beibringt.«

»Wie viele dieser Frauen wohnen hier denn inzwischen?«

»Meinst du alle, oder nur die, die nicht unterm Proberaum einbetoniert sind, weil der Eintopf angebrannt war?«

»Ja, wenn ich mir das so durch den Kopf gehen lasse, dann habe ich wahnsinnige Angst.« Ich kicherte.

»Ich habe vor der Vergangenheit mehr Angst als vor der Zukunft. Irgendwann kommt sie und holt mich.«

Ich ergriff seine Hand, küsste sie und legte sie zurück an meiner Wange. Mein Herz schlug wie wild, und Panik stieg in mir hoch. Ich hatte ihm nie erzählt, dass ich die Narben entdeckt hatte. Ich konnte es nicht. Ich wollte es nicht wissen. Oder doch? Wie lange war das her? Oder dauerte es in anderer Form an, und ich merkte es nur nicht? Wollte es nicht merken?

Der Moment war vorbei. Er sprach nicht weiter. Ich hatte kurz geglaubt, dass nun die Lebensbeichte kam. Doch er strich mir nur mit dem Finger über die Wange und schwieg. Wartete er auf eine Antwort? Oh, ja! Warten war seine große Stärke! Oder wartete er auf eine Frage? Die Chance, ganz harmlos *warum* zu fragen, hatte ich verpasst.

»Alle hier sind so freundlich zu mir. So hilfsbereit«, sagte ich endlich.

»Und das macht dir Angst? Ich kann sie gern bitten, dich anzuschreien und deine Sachen aus dem Fenster zu werfen, wenn dich das beruhigt. Sag einfach Bescheid, und ich gehe mal eben überall klopfen.«

Ich musste lachen. »Spinner!«

»Da ist man bereit, alles für sie zu tun, was sie sich nur wünscht, und dann wird man als Spinner bezeichnet. Das hat man von seiner Gutmütigkeit.« Er wurde ernst. »Wir alle sind hier gestrandet. Keiner spricht im Alltag über seine Familie oder anderes aus seiner Vergangenheit. Man kennt den Teil der Geschichten, den man miterlebt hat, und respektiert das. Wir sehen nicht zurück, weil es da nichts zu sehen gibt. Das Schöne liegt vor uns. Zumindest hoffen wir das und stürzen uns kopfüber in die Zukunft. Und du …« Er tippte mit dem Finger auf meine Wange. »… sprichst auch nicht über die Vergangenheit. Du kannst sicher sein, dass Sean das aufgefallen ist.« Er lachte. »Er sammelt die Lost Boys ein, die aus ihren Kinderwagen gefallen und nicht zurückgefordert worden sind. Und gestern ist ein wunderschönes Mädchen aus ihrem nassen Kämmerchen geplumpst, und ich habe sie ganz dreist für mich beansprucht. Anders kommt man zu nichts.«

»Entweder trinkst du jetzt heimlich, oder du hast einen ganz miesen Geschmack bei Frauen.«

»Keines von beidem! Dein Spiegel ist defekt! Das hat man davon, wenn man alles im Internet bestellt.«

»Hach, du machst so nette Komplimente. Man könnte dir fast glauben!«

»Du bist ein hoffnungsloser Fall!« Er lachte leise. »Du musst dich jedenfalls nicht für immer und ewig in Dankesbezeigungen ergehen. Sean freut sich ehrlich, wenn er jemandem helfen darf. Das macht ihn glücklich. Er arbeitet in der Drogenberatung und muss ständig erleben, dass Menschen sich nicht helfen lassen wollen. Das frustriert ihn so, dass er privat den Ausgleich sucht, indem er sich hier eine Pseudofamilie aufbaut. Er wird dir das sicher irgendwann, wenn es sich ergibt, selbst erklären.«

»Es ist ein merkwürdiges Gefühl.«

»Ich weiß. Das ging mir am Anfang auch so. Du gewöhnst dich dran. Du bist auch nicht hier in meinem Zimmer gefangen, falls dir das alles zu schnell geht. Wenn du deine Freiheit willst, räumen sie dir oben neben dem Trockenboden die Mansarde frei und stellen dir im Winter eine Elektroheizung hinein. Im Keller ist für die Sachen noch Platz im Bandabstellraum. Das war jedenfalls der ursprüngliche Plan. Maggie hatte nur etwas dagegen, weil du dann eine Etage tiefer Bad und Küche mit Dylan und Socks teilen müsstest. Die Küche ist ein rotes Tuch für sie, obwohl das hauptsächlich Staub und Teeflecke sind, die sich nicht mehr von den Oberflächen entfernen lassen.« Er küsste mich auf die Wange und flüsterte: »Und ich war natürlich auch strikt dagegen! Du weißt: Ich ergreife gern Chancen.«

7. Goodbye London

Bleibt bitte kurz hier. Ich muss etwas mit euch besprechen«, sagte Sean am Freitag, als Dylan und Socks nach dem Abendessen aufstanden.

Sie setzten sich brav wieder hin, und Socks schrie mit Kinderstimme: »Hurra! Wir gehen auf Tour!«

»Woher weißt du das?«, fragte Maggie erstaunt.

»Jetzt weiß er es«, antwortete Dylan trocken.

»Schweigt, ihr Komiker!« Sean tat streng, musste aber grinsen und legte kurz den Arm um Maggie, die sich über sich selbst zu ärgern schien. »Es ist noch gar nichts entschieden, weil wir nämlich erst alle prüfen müssen, ob wir freinehmen können.«

»… und in dem Zeitraum nicht zufällig im Knast sitzen.« Socks grinste.

»Ja, wir werden vorläufig in der Öffentlichkeit die Messerstechereien etwas einschränken. Opfer müssen gebracht werden.« Sean blickte mit Leidensmiene an die Decke.

»Das wird ja immer schöner! Hier verbietet es die Hausordnung und draußen der Anstand! Wie soll das jemals was werden mit meiner kriminellen Laufbahn?« James schlug mit der Faust auf den Tisch, blickte grimmig in die Runde und mimte danach einen Tränenausbruch. »Ich wollte doch schon immer Anführer der hiesigen Gang werden,

aber nichts als Steine werden mir in den Weg gelegt!«

»Ich kann freinehmen.« Darrel strahlte vor Begeisterung.

»Woher weißt du das?« Socks war verblüfft.

»Weil ich meinen Chef gefragt habe.«

»Woher kennst du die Tourdaten?«

»Von Lou.«

»Lou, woher kennst du die Tourdaten?«

»Von Betty.«

»Lou, woher kennst du Betty?«, äffte Dylan
Socks nach.

»Soso! Mit der Quelle schlief der Knabe«, meinte
James grinsend.

»Ich kannte die exakten Daten bisher auch
nicht.« Sean kratze sich am Ohr. »Wir hätten echt
mal offen über alles reden sollen.«

»Das stimmt.« Socks lachte. »Das haben wir nun
von unserer Coolness. Die ganze Zeit wussten wir,
was Sache ist. Trotzdem taten alle ganz desinteressiert. Tour? Pah! Ist uns doch scheißegal! Wir pfei-
fen unter der Dusche. Silberfischchen reichen ech-
ten Profis wie uns als Publikum völlig aus!«

»So viel zu dem angeblich blitzblanken Badezimmer!« Maggie kicherte.

»Ja, das ist so sauber, dass sich jeder dort wohl-
fühlt. Auch das Ungeziefer.«

»Das Bad ist wirklich sauber«, bestätigte James.
»Auch die Schlafzimmer sehen normal aus. Die
beiden haben nur noch immer nicht kapiert, dass
Küche und Wohnzimmer zu ihrer Wohnung gehören und ebenfalls geputzt werden müssen.«

»Ich kann euch gern die Miete auf Londoner Quadratmeterpreise erhöhen, wenn's euch hilft. Aber zurück zum Thema.« Sean wurde wieder ernst. »Ihr klärt das, ob ihr freibekommt. Keiner riskiert seinen Job für eine Tour. Dass das klar ist! Und wenn wir …«

»Wer nicht mitkann, bekommt eine schöne Ansichtskarte mit den Unterschriften der Band. Na ja, nicht der ganzen Band natürlich. Es sei denn, er unterschreibt sie anschließend selbst«, versprach Socks.

»Wenn wir berühmt sind, erzielt die bei einer Auktion bestimmt Rekordpreise.« Dylan hielt beide Daumen hoch. »Wie damals die Postkarte aus Hamburg an den fünften Beatle. Ihr wisst schon …«

»Maul halten!« Sean schlug schmunzelnd mit der Faust auf den Tisch. »Wenn wir das alles geklärt haben, kommt der nächste Schritt: Ein Vertrag mit dem Veranstalter. Ich musste Andy schon gestehen, dass wir untereinander gar keinen Vertrag haben, ganz zu schweigen von einem Management. Er fand unsere Schwindelei zum Glück lustig. Es zeigt mal wieder, dass man am besten in allen Lebenslagen bei der Wahrheit bleibt.«

»Das sagst du jetzt! Aber meinetwegen: Ich heiße in Wirklichkeit Mathilda, bin achtundvierzig Jahre alt, verheiratet, drei Kinder …«, gestand Socks.

»Wenn dir Socks als Spitzname zu langweilig ist, bin ich natürlich gern bereit, dich in Zukunft Auntie Matty zu nennen.« James lächelte ihn freundlich an.

»Dann nennen wir uns ab sofort *Aunt Matty's Mates*. Das klingt cool!« Dylan grinste.

»Ich glaube, das mit den ernsthaften Bandbesprechungen müssen wir noch kräftig üben. Morgen Abend will ich wissen, wer mitkann. Verpisst euch! Ich will allein sein, wenn ich weine.« Sean verbarg sein Gesicht in den Händen und zuckte übertrieben mit den Schultern.

***

Am Montagabend rief Julia zurück. Ich hatte mich am Donnerstag bei ihr notgedrungen per SMS für den Transport meiner Sachen bedankt, weil sie nicht erreichbar gewesen war.

Sie druckste nun herum und jammerte, wie furchtbar das Ganze war. Ich versuchte, sie zu trösten, aber da wandelte sie sich zur coolen Macherin, für die alles kein Problem war.

Das unausgeglichene Verhalten kannte ich. Es zeigte, wie aufgewühlt sie war. Mit Schaudern stellte ich mir vor, wie es wäre, wenn ich bei meinen Eltern einziehen müsste, und verdrängte den Gedanken schleunigst.

Sie hatte sich mit Gavin/Kevin wieder versöhnt und suchte eine gemeinsame Wohnung für das junge Glück.

Ich freute mich ehrlich für sie, hatte aber trotzdem ein ungutes Gefühl, weil sich eine On-Off-Beziehung sicher nicht durchs Zusammenziehen plötzlich in strahlende Glückseligkeit verwandeln konnte. Aber wer war ich, dass ich mir zu kopflos anmutenden Entscheidungen eine Meinung erlaubte? Was ich gerade tat, war noch viel irrer.

Dass wir in ihre Wohnung nicht mehr zurückkonnten, war offenbar eine Tatsache, die sie für nicht erwähnenswert hielt. Stattdessen plauderte sie über von ihr bevorzugte Stadtteile, Einbauküchen und die Vor- und Nachteile von Etagenheizungen.

Als sie mich zur Krönung fragte, ob ich meine Matratze und das Bettzeug zurückwolle, die schleichend in ihren Besitz übergegangen waren, als ich beim Einzug den alten Kram entsorgt hatte, lehnte ich großzügig ab. Gefühlt hundert Sätze früher hatte sie gejammert, wie feucht alles noch war.

Ein paar meiner Bücher hatten direkt Wasser abbekommen und waren nicht nur wie die anderen Sachen durch die Luftfeuchtigkeit klamm geworden. Die gelblichen Flecken ließen nicht viel zu raten übrig, in welchem Zustand sich der langsam zu Sperrmüll mutierende Hausrat befinden musste, den sie jetzt offenbar in ihrem alten Kinderzimmer hortete.

Ich hätte an ihrer Stelle nicht alles mitgenommen, sondern nur das, was mir am Herzen lag. Andererseits hätte ich vielleicht genauso kopflos reagiert. Viel Zeit zum Nachdenken hatte man in solchen Situationen nicht.

»Wie geht es Julia?«, fragte mich Darrel scheinheilig, als ich das Telefon weglegte.

»Eigentlich ganz gut.« Ich konnte nicht ernst bleiben und musste grinsen. Natürlich wollte er wissen, wie es nun weiterging.

»Erzählst du mir freiwillig alles, oder muss ich dich erst durchkitzeln?«, fragte er mich ganz sachlich.

»Sie sucht für sich und ihren Freund eine Wohnung.«

»Hurra! Nun gehört sie mir!«, rief er einem imaginären Zuhörer freudestrahlend zu. Denn James war nicht zu Hause.

»Julia?«

»Die auch. Die ist als Nächste dran, nachdem ich dich zu Tode gekitzelt habe.«

***

Sean klopfte mit dem Löffel an seinen Teebecher und räusperte sich: »Liebe Säufer und abstinente Banjospieler! Der Vertrag ist fertig und muss nur noch von uns unterschrieben werden.«

»Was? Ich muss schreiben? Davon ist nie die Rede gewesen!« Socks riss die Augen auf und fasste sich ans Herz.

»Mach drei Kreuze!«, schlug James vor.

»Kreuz? Was ist das? So weit bin ich im Alphabet noch nicht.«

»Notiz an mich: Vier Knebel besorgen!« Sean reichte seinen leeren Teller Lou, die mit dem Küchendienst an der Reihe war und die Spülmaschine einräumen wollte. »Maggie hat vorhin etwas angesprochen, an das ich nie gedacht hätte.« Er blickte erwartungsvoll zu seiner Frau.

»Ich will kein Spielverderber sein, aber ihr müsst euch Gedanken über eure Outfits machen.«

»Unterhose, Socken, T-Shirt, Jeans, Schuhe. Ich bin fertig mit dem Denken!« James strahlte.

»Betrifft das nur diesen Themenbereich, oder stellst du das Denken ab sofort generell ein?«, erkundigte sich Dylan.

»Ihr könnt tragen, was ihr wollt«, schaltete sich Maggie dazwischen. »Aber alles sollte in ausreichender Anzahl und einwandfreiem Zustand vorhanden sein. Sonst laufen Socks die Socken irgendwann davon. Die Unterbringung ist einfach und schließt sicherlich keinen Wäscheservice ein. Und selbst wenn, können die auch nicht zaubern, wenn ihr mitten in der Nacht zurückkommt und am nächsten Morgen abreisen wollt. Socks, wie sieht es bei dir aus? Bleibt es bei Jeans und Jackett? Dann solltest du dir ein zweites zulegen, falls ein Malheur passiert.«

»Das wird ja immer schlimmer! Erst muss ich lernen, meinen Namen zu schreiben, und nun soll ich auch noch Klamotten kaufen gehen!«

»Warum wirst du eigentlich Socks genannt?«, wollte Lou lachend wissen.

Socks stand auf und verneigte sich vor ihr. »Gestatten? Mein Name ist Samuel Sogg. In der Schule las ein Lehrer die Namen so bescheuert vor, dass aus *Sogg, Samuel* eines Tages *Socks, Mule* wurde. Ich kann also dankbar sein, nur Socks genannt zu werden.« Er ließ sich wieder auf seinen Stuhl plumpsen und begann, mit ihm zu kippeln.

Maggie ignorierte ihn. »Dylan?«

Der grinste frech. »Ich trage dieselben Sachen, bis sie mir vom Körper fallen. Das hat sich bewährt. Dabei bleibe ich!«

Maggie verdrehte die Augen. »Darrel?«

»Ich wollte nur den Vertrag abwarten und danach mit Lou einkaufen gehen. Du kannst mitkommen, wenn du magst«, sagte er zu Socks. »Ich bleibe bei schwarzen Jeans, weißen Hemden, Hosenträgern und Hut. Für den Fall, dass ich einspringen muss, nehme ich noch ein paar schwarze T-Shirts mit. Damit falle ich weniger auf.«

»Was wie wo wann? Einspringen?« Socks fiel aus allen Wolken.

»Darrel, James und ich stehen zur Verfügung, falls es bei Arthur's Wharf zu personellen Engpässen kommen sollte.« Seans Grinsen zerstörte die Wirkung der hochtrabenden Formulierung.

»Warum weiß ich davon nichts?«

»Weil du nicht gebraucht wirst. Nick will auch dann noch singen, wenn sie ihn mit den Füßen voran auf die Bühne tragen müssen. Außerdem klingt Darrels Stimme ähnlicher. Vielleicht nerven Nick aber auch nur deine dummen Sprüche. Wer weiß? Alles möglich!«

Socks grinste frech zurück, aber innerlich zuckte er zusammen. *Die basteln seelenruhig ohne mich an einer zweiten Bandkarriere und tun so, als sei es das Normalste der Welt. Wen wollt ihr hier verarschen?* Er war bitter enttäuscht.

Im Gegensatz zu Sean, der früher zeitweilig für bis zu drei Bands E-Bass gespielt hatte, hatte es für Socks immer nur eine Band gegeben. Was auch daran lag, dass er kein Instrument wirklich beherrschte. Er schrubbte ab und an auf seiner Gitarre herum, aber ihm fehlten die Geduld und das Talent, sich ernsthaft damit zu beschäftigen.

Die Tin Whistle hatte er mehr aus einer Laune heraus gekauft und schnell das Interesse verloren. Seine Stärken lagen im Singen, Texten und Komponieren. Aber selbst bei Letzterem war er auf Darrels Unterstützung angewiesen, der die gesungenen Melodien auf der Akustikgitarre nachspielte und ausbaute. Sie waren seit Jahren ein gutes Team. Doch wie lange noch?

»Ist das normal, dass man eine Zweitbesetzung mitnimmt?«, erkundigte sich Dylan, während Socks seinen Gedanken nachhing.

»Nein. Es geht eigentlich hauptsächlich um Tom«, erläuterte Sean. »Er hatte auf der letzten Tour aus heiterem Himmel so etwas wie einen Migräneanfall. Zumindest ist das die offizielle Diagnose. Vermutlich wird sich das nicht wiederholen, und er hat jetzt auch entsprechende Medikamente. Aber falls er wieder ausfällt, soll Darrel einspringen. Wir drei werden neben den normalen Bandproben zusätzlich die Songs von Arthur's Wharf üben.«

»Seid uns also nicht böse, wenn hier im Haus plötzlich eindeutig als Musik zu identifizierende Geräusche zu hören sind«, bat Darrel. »Das ist ein Versehen und kommt nach der Tour nicht mehr vor. Versprochen!«

»Ihr seid natürlich herzlich eingeladen, zuzuhören und uns nach Strich und Faden runterzumachen«, bot James an und schaute demonstrativ zu Socks.

Doch dem fiel keine passende Antwort ein. Er starrte nur gedankenverloren auf die stets gut gefüllte Obstschale, die seit Lous Einzug den Tisch zierte. Maggies Bestreben, die Hausbewohner mit vernünftigen Lebensmitteln zu versorgen, war offenbar ansteckend.

***

Eine Woche später erlebte ich am eigenen Leib, was vermutlich viele Frauen tagtäglich durchmachten, wenn sie mit Männern Kleidung einkaufen wollten.

Darrel suchte sich zügig ein paar weiße, bügelleichte Hemden zusammen, doch Socks stand maulend vor einem Ständer mit schwarzen und dunkelgrauen Sakkos und hatte an allem etwas auszusetzen.

»Zieh das einfach mal über«, schlug ich vor und nahm wahllos eines in seiner Größe heraus. Doch das hatte laut Socks angeblich hässliche Knöpfe. Das nächste hatte ulkige Abnäher, und der Schlitz am dritten ging schon mal überhaupt nicht. Das vierte wirkte dunkelblau. Das fünfte dafür bräunlich. Das sechste Modell fiel klein aus. Als ich es eine Nummer größer herausgesucht hatte, wurde ihm schlagartig bewusst, dass er die Webart des Stoffs total bescheuert fand.

Ich nahm Darrel den Stapel Hemden ab, damit er die Hände frei hatte, um bei den Hosenträgern zu stöbern. Außerdem fiel es mir dadurch leichter, Socks seinem Schicksal zu überlassen.

Er war in letzter Zeit die reinste Nervensäge. Nun streifte er in der Herrenabteilung umher und betrachtete alle möglichen Kleidungsstücke außer schwarze Jacketts.

»Hier Darrel! Das wäre doch etwas für dich!« Er hielt eine schwarze Fliege mit kleinen weißen Punkten hoch.

Darrel lachte. »Die passt doch besser zu dem schwarzen Jackett, das du offensichtlich heute doch nicht kaufst.«

»Wie wär's mit einem Schlips?«

Darrel tat ihm den Gefallen und schaute kurz auf. »Pink? Ich bin ein Junge und trage ausschließlich Hellblau. So! Ich habe alles. Wie sieht's bei dir aus? Findest du etwas, oder muss ich dir das verdammte Teil schneidern? Ich gebe dir drei Prozent Rabatt unter Freunden.«

»Wie oft müsste ich zur Anprobe kommen?«

»Zu oft für meine Nerven.«

»Klingt verlockend, aber für das Geld kaufe ich mir lieber einen Kleinwagen.«

Eine Verkäuferin näherte sich uns mit freundlichem Lächeln. Als Socks sie anstrahlte, wurde es sogar schlagartig echt.

Mir war klar, was jetzt kam, und ich gab Darrel den Stapel Hemden, damit er sich schon einmal an der Kasse anstellen konnte. Vor Ladenschluss kamen wir hier garantiert nicht raus, und mir wurden langsam die Arme lahm.

Socks ließ sich von der hübschen Dunkelhaarigen Sakkos in allen möglichen und unmöglichen Farben zeigen und probierte fleißig an. Seine Stimmung wurde immer heiterer, und auch die Verkäuferin kicherte viel.

Ich suchte mir in der Nähe der Kasse eine Sitzgelegenheit und machte es mir gemütlich.

Darrel stellte die große Papiertasche mit seinen Sachen neben mir ab und streifte durch die Herrenabteilung.

Ich nahm die Einkäufe zwischen die Beine, lehnte mich zurück und schloss kurz die Augen. Der Tag war anstrengend gewesen und war es noch immer. Außerdem hatte ich Hunger.

Suchend blickte ich mich um. Darrel und die Verkäuferin warteten vor einer Umkleidekabine in meiner Nähe.

Der Vorhang ging auf und Socks erschien in einem schwarzen Anzug. Er lief wie ein Gorilla mit schleppenden Schritten und hängenden Armen.

Darrel drückte ihm die linke Hand ins Hohlkreuz und zog ihm mit der rechten ruckartig die Schulter nach hinten. Er wiederholte die Prozedur mit der anderen Schulter, sodass Socks einigermaßen aufrecht stand.

Socks ließ alles lammfromm lächelnd mit sich geschehen, während die Verkäuferin aus dem Kichern nicht mehr herauskam.

Darrel ging um ihn herum, zupfte hier, zog da etwas zurecht, schloss den oberen Knopf des Jacketts, öffnete ihn wieder und zog ruckartig die Hose hoch, was dem überraschten Socks einen sehr unterhaltsamen Schrei entlockte.

»Den nehmen wir«, hörte ich Darrel sagen. »Haben Sie von dem Modell noch einen zweiten in der Größe da?«

Nachdem Socks den anderen Anzug ebenfalls anprobiert und sich noch ein paar dunkle Hemden ausgesucht hatte, ging an der Kasse das Genörgel wieder von vorn los. Die Verkäuferin hatte die Waren seitlich abgelegt und sich strahlend verabschiedet.

Nun trauerte Socks seinen geliebten Jeans nach. »Ich sehe aus wie ein Beerdigungsunternehmer! Sobald ich auf der Bühne stehe, falten die Leute im Publikum die Hände, schauen nach unten und erwarten eine Grabrede.«

»Umso sensationeller wird der Effekt, wenn du stattdessen nach zwanzig Gedenkminuten endlich den ersten Song ankündigst.« Darrel blieb gelassen.

»Aber wer außer einem verrückten Herrenschneider auf dem Weg zur Arbeit läuft freiwillig so herum?«

»Den Vergleich verbitte ich mir! Meine Anzüge sitzen besser als das spottbillige Polyesterzeug hier!«

»Du kannst ja knallbunte Socken dazu anziehen«, schlug ich gelangweilt vor, aber Socks war wie elektrisiert.

»Sieht man die denn unter den Anzughosen, wenn ich stehe?«, fragte er eifrig.

Darrel lachte. »Du kannst die Hosenbeine zweimal umschlagen und mit Sicherheitsnadeln feststecken. Das schützt den Stoff zudem vor Hochwasser.«

»Genial!« Socks klopfte mir auf die Schulter und war bester Stimmung. »Mach weiter so, und ich bereue es nicht länger, dich aus purer Langeweile aufgegabelt zu haben.«

Nach einem kurzen, erheiternden Abstecher in die Sockenabteilung ging es endlich nach Hause, wo jede Menge Steckrüben-Kartoffel-Eintopf übrig war. Maggie hatte heute gekocht.

***

Darrel packte das Banjo weg und holte die Akustikgitarre hervor. »Sing mal was!«

»Meinst du mich?«, fragte Socks gedankenverloren, der auf der Bank saß und Zettel sortierte.

»Nein, ich meine die Gitarre, aber sie ist gekränkt und spricht seit Tagen nicht mehr mit mir. Dabei habe ich mich schon zweimal entschuldigt. Sie …«

»Wir lassen euch allein, aber denkt an die Hausordnung: Keine Messerstechereien im Proberaum!« Sean hob lässig die Hand und ging mit James und Dylan nach oben.

Socks blickte verlegen auf seine Songtexte und suchte einen heraus. »Ich muss ihn noch abtippen.«

Darrel streckte die Hand aus, und Socks gab ihm nach kurzem Zögern den Zettel.

»Was soll das heißen?« Darrel deutete auf ein Wort in der zweiten Strophe.

»Gib her! Ich tipp es schnell ab.« Socks riss ihm das Papier aus der Hand und ging zum Computer.

»Jetzt sei nicht gleich eingeschnappt.«

»Bin ich nicht. Ich muss das bloß endlich mal alles abtippen.«

»Alles okay?«

»Ja, alles bestens.«

»Soll ich dich allein lassen?«

157

»Ist besser so. Bei meiner Geschwindigkeit brauche ich dafür bestimmt den Rest des Abends.« Socks wedelte mit den Zetteln.

»Wie du willst. Gute Nacht!«

»Wir sehen uns.«

Socks fuhr den Computer hoch und starrte auf das Feld für das Passwort. Er wusste selbst nicht, warum er sich gerade so aufgeführt hatte. *Wenn ich in dem Tonfall weitermache, sucht er sich zu Recht eine neue Band.* Lustlos tippte er die Texte, druckte einen davon aus und fuhr den Rechner herunter.

Als er auf dem Weg nach oben an der Tür der Parterrewohnung vorbeikam, hörte er Gesang mit Begleitung. Er erkannte die Melodie sofort wieder. Darrel hatte sie ihm vor Wochen einmal vorgespielt. Und Socks hatte damals lauthals lachend vorgeschlagen, das Tempo zu vervierfachen.

Ohne lange nachzudenken, klopfte er an. Als ihm einfiel, wie sein letzter abendlicher Besuch verlaufen war, war es bereits zu spät. *Ich Trottel!* Die Musik stoppte mitten in der Zeile.

James öffnete. »Hi! Was vergessen?«

Socks blickte auf den Bogen in seiner Hand. »Gib das Darrel. Ich will nicht stören.«

»Hey, du störst doch nicht!«, rief Lou von hinten.

»Komm rein!« James zog ihn am Ärmel ins Wohnzimmer und schloss die Tür. »Darrel hat in der National Portrait Gallery aus fünf Metern Entfernung ein Gemälde angedichtet und genau in die Mitte getroffen. Er ist ein Naturtalent.«

Socks bot sich ein Bild familiären Glücks: Auf der kurzen Seite der Eckcouch saß Darrel mit der

Gitarre, der ihn erstaunt ansah, und in der Ecke saß Lou im Schneidersitz, die allen Ernstes strickte. War das zu fassen? James setzte sich zu ihr und schlug mit der flachen Hand auf den freien Platz neben sich. »Sitz!«

Socks befolgte die Anweisung verwirrt. »Was machst du mit den Teelöffeln?« Er hatte sie gerade erst in James' anderer Hand entdeckt.

»Damit löffle ich Maggies Eintopf ab sofort beidhändig. Anders kriegen wir den Pott heute nicht leer.«

Darrel lachte. »Sie hat sich mal wieder selbst übertroffen. Morgen koche ich nur für vier was Frisches, und wir ziehen Streichhölzer, wer die Reste essen muss.« Er stellte die Gitarre beiseite. Offensichtlich wollte er nicht mehr weiterspielen. James legte die zwei Löffel auf den winzigen Beistelltisch, und bei Socks fiel der Groschen: Die beiden waren als Rhythmusinstrument im Einsatz gewesen. Er störte mal wieder!

»Okay. Hier ist der Song«, sagte er verlegen und reichte Darrel den Ausdruck.

»Ach, *honesty*! Ich las vorhin irgendetwas mit *honey* oder *horny*!«

Alle lachten.

»Sorry, da fehlte ein T. Das hatte ich mitten in der Nacht hingekritzelt.« Socks betrachtete das Strickzeug. »Was wird das, Lou?«

»Ein Loop-Schal.« Sie lächelte ihn freundlich an.

»Da strickst du immer im Kreis?«

»Eine Spirale, wenn man es genau nimmt.«

»Und wie weißt du dann, wann du aufhören musst?«

»Spätestens, wenn das Garn alle ist, steche ich mit der Nadel ins Leere, und das Strickzeug fällt hinunter.« Sie zwinkerte Socks zu. »Ich mache das, weil es mich entspannt. Der Weg ist das Ziel. Das ist wie Meditation. Nur hat man am Ende ein neues Kleidungsstück.«

»Meine Mutter hat auch gestrickt.« Socks lächelte wehmütig. »Aber irgendwie sah das bei ihr anders aus. Bist du Linkshänderin?«

»Nein, Deutsche. Wir stricken anders.«

James und Socks lachten.

»Das ist kein Witz. Wir stricken wirklich anders. Ich wundere mich auch immer, was Schauspielerinnen in britischen Filmen treiben, wenn sie stricken müssen. Aber auf Youtube gibt es dafür sogar Tutorials. Ihr seht: Ich gehöre zu den Ausländern, die sich nicht integrieren wollen. Ich benutze mein Besteck auch etwas anders als ihr. Beim Eintopflöffeln fällt das zum Glück nicht auf.«

»Was macht ihr anders?«

»Wie schaufeln das Essen mit dem Messer in den Mund und kratzen uns mit der Gabel am Kopf.«

»Ich glaube, morgen gibt es zur Abwechslung mal Steaks«, meinte Darrel trocken. »Das muss ich unbedingt sehen.« Er hielt den Ausdruck hoch und fragte Socks: »Darf ich das behalten?«

»Ja, klar.«

»Sollen wir wieder runtergehen?« Darrel wirkte unsicher.

»Es ist schon spät. Das rentiert sich nicht.«

»Morgen?«

»Gerne.« Socks schaute verlegen auf seine Hände. »Ich habe dich vorhin unterbrochen. Wie war das mit dem Song, der mitten ins Gemälde trifft?«

»Den kennst du schon. Er ist eine Ballade und war nicht so dein Ding.«

»Darf ich ihn trotzdem nochmal hören?«

Darrel griff zur Gitarre und begann, das Intro zu spielen.

James steckte sich die Löffel zwischen die Finger und schlug den Takt. »Wenn du mitklatschst, schmeiße ich dich hochkant raus«, raunte er Socks zu.

***

Mitte September hatte die Band noch einmal als Vorgruppe einen Gig in einem Pub, was sie insgeheim als Generalprobe betrachtete. Ansonsten herrschte im Terminkalender rund um die Tour gähnende Leere.

Ich bot an, die sträflich vernachlässigte Website etwas aufzumotzen, brauchte dafür jedoch Material.

Da es ein sonniger Tag war, alle nachmittags frei hatten, und sie vor dem Auftritt ohnehin nichts mit sich anzufangen wussten, nahm Maggie im Regent's Park ein paar Bilder von ihnen auf.

»Uns kennt kein Schwein«, stellte Socks nach ihrer Rückkehr lapidar fest. »Die Gaffer, die stehenblieben oder sich teilweise sogar in den Bildausschnitt

161

drängten, wunderten sich wahrscheinlich höchstens, was für eine überdimensionierte Fliegenklatsche Darrel in der Hand hielt.«

Sean schmunzelte. »Als einer sogar frech fragte, was wir machen, behauptete Socks, das sei für die Promotion einer Independent-Produktion: die Amateur-Literaturverfilmung von *Der kleine Lord* im modernen London. Als Darrel daraufhin höflich den Hut lüftete und sich verbeugte, ging der Typ zum Glück schnell weiter.«

»Socks stand in seinem Anzug wie ein Personenschützer daneben und guckte grimmig. Da hätte ich auch Angst bekommen«, erläuterte James.

»Ich will kein Spielverderber sein, aber wenn ihr nicht so herumgehampelt hättet, wären wir längst fertig gewesen.« Maggie lud die Fotos auf meinen Computer, und sie brauchten bei der Masse eine halbe Stunde, bis sie sich einig waren, welche ich verwenden sollte.

Diesmal hatte ich ungesüßte Haferkekse und Saft für Darrel besorgt. Irgendwie musste dem hopsenden Zuckerspiegel doch beizukommen sein. Der Hausarzt hatte keine Ursache gefunden und lediglich Baldriantropfen empfohlen. Er hatte wohl nicht viel Erfahrung mit betrunkenen Schotten im Publikum.

Darrel streikte zwar beim verfrühten Abendessen, auf das ich auch noch keine Lust hatte, mümmelte jedoch brav ein paar Kekse. Für die Bühne füllte ich eine Plastikflasche mit einer Saft-Wasser-Mischung und hoffte, dass es ihn dort vor lauter Panik nicht davor ekelte.

Er war zwar trotzdem vorher und hinterher total von der Rolle, aber wirkte nicht mehr so blass und zittrig. Der Auftritt verlief aus meiner Sicht reibungslos.

Da es mit den zwei nachfolgenden Folkbands keinerlei Berührungspunkte gab, absolvierten wir wieder das geübte Transportprogramm und gingen anschließend alle zusammen, wie wir waren, was trinken, um die Nachbesprechung zur Abwechslung in gemütlicher Umgebung abzuhalten.

Darrel schien überhaupt kein Problem damit zu haben, auf Alkohol zu verzichten, da ich auch keinen trank. Für mich war meine Abstinenz eine Selbstverständlichkeit. Ich mochte die meisten dieser Getränke ohnehin nicht sonderlich und wollte mir keinesfalls unter Gruppenzwang leere Kalorien reinschütten, die mir nicht einmal schmeckten. Außerdem behielt ich gern die Kontrolle über mein Tun.

Für ihn schien es zur Selbstverständlichkeit zu werden, obwohl ich nichts dagegen hatte, wenn jemand abends in netter Runde etwas trank. Nur gezielte Besäufnisse fand ich abstoßend, weil mit den Teilnehmern ab einem bestimmten Punkt kein interessantes Gespräch mehr möglich war. Er hatte jedoch offensichtlich das Gefühl, auf irgendeine Weise gefährdet zu sein, und ließ es nun lieber ganz. Wir sprachen nicht darüber, weil ich den Grund ahnte.

Wir saßen wieder in ihrem Lieblingspub. Meine Kollegen trafen sich dort nur freitags, wie ich inzwischen wusste, und es war gemütlicher als in dem rappelvollen Schuppen, in dem wir zufällig Betty getroffen hatten.

Wir konnten einen Tisch mit Stühlen ergattern. Darrel war zur Ruhe gekommen und hing neben mir in den Seilen. Wir kuschelten uns aneinander, und ich ließ meine Gedanken schweifen.

»Nur zum Verständnis: Sollen wir euch wecken, wenn wir gehen?«, erkundigte sich Socks mit todernstem Gesicht.

»Spätestens dann, wenn du hier wieder den Zapfhahn reparierst, wachen sie von den Hammerschlägen auf. Apropos, wie geht es eigentlich Julia?«, fragte Dylan.

»Denkst du bei Hammerschlägen an Julia?«, wollte Sean von ihm wissen.

»Ihr braucht uns offensichtlich gar nicht bei eurem Gespräch, sondern könnt hervorragend allein weiter Blödsinn labern«, stellte ich fest und schloss demonstrativ die Augen bis auf einen schmalen Schlitz.

»Schnell, Darrel, klau ihr den Geldbeutel, während sie schläft. Wie wir es besprochen haben!« James beugte sich mit verschwörerischer Miene nach vorn.

»Ihr wollt nie gerecht teilen, und jetzt mache ich nicht mehr mit!«, verkündete der und legte seinen Arm um mich.

»Ich will kein Spielverderber sein, aber eigentlich wollten wir über den Gig sprechen«, lenkte Maggie das Gespräch in eine andere Richtung.

Manche Menschen werden laut, wenn sie zu viel getrunken haben, andere werden aggressiv oder gar gewalttätig, manche werden lustig, andere müde, und wieder andere werden niedlich. Zu Letzteren gehörte offensichtlich James.

Maggie und Sean waren bereits früher gegangen.

Weil Dylan und Socks auf dem Heimweg genug mit sich selbst beschäftigt waren, hatten Darrel und ich James in unsere Mitte genommen, uns bei ihm eingehakt und ihn einigermaßen heil nach Hause gebracht. Er war nicht wirklich sturzbetrunken, hatte aber leichte Schwierigkeiten mit den Bewegungsabläufen und konnte keinen Gedanken mehr festhalten.

Darrel ging zur Sicherheit mit ihm ins Bad. Während ich anschließend duschte, brachte er ihn zu Bett. Ich lag schon in unserem und wartete auf Darrel, der als Letzter im Bad war, als plötzlich die Tür aufging, und James freudestrahlend ein Skizzenbuch hochhielt.

Er fand den Weg zu Darrels Bettkante, und ich rutschte unter der Decke hinüber. Auf meiner Seite stand das eins sechzig breite Bett nämlich an der Wand. Ich war gespannt, was jetzt kam. Anscheinend sollte ich, statt eine Gute-Nacht-Geschichte zu hören, ein Bilderbuch gezeigt bekommen. Wer konnte dazu schon Nein sagen?

Ein wenig peinlich war es mir, denn mein Nachthemd war nicht dazu gedacht, einem platonischen Freund präsentiert zu werden, und ich hielt krampfhaft die Decke fest. Aber er nahm es vermutlich gar nicht zur Kenntnis, sondern zeigte mir eine Zeichnung von Darrel nach der anderen.

Ich war ehrlich erstaunt, mit welcher Geduld dieser da Modell gesessen und gelegen haben musste. Auf vielen Zeichnungen war er mit irgendetwas beschäftigt, aber auf manchen schien er den Betrachter auch direkt anzusehen. Oft lächelte er. Häufig war es ein trauriges Lächeln. Ich war schwer beeindruckt von James' Talent und sagte ihm das auch.

Er machte eine wegwerfende Handbewegung. »Es ist nur ein Hobby. Er hat immer toll stillgehalten. Und wieder und immer wieder gelächelt. Immer, wenn ich das wollte. Ich habe kein einziges Bild von Socks.« Er kicherte. »Das haut nicht hin. Einfach nicht, weißt du? Ich war total verliebt in Darrel. Damals. Jetzt nicht mehr. Und nun habe ich ein ganzes Buch mit Zeichnungen. Wenn du ihn mal heiratest, schenke ich's dir.« Er strahlte mich an.

Ich war baff. »Das ist sehr nett von dir«, stotterte ich und versuchte, meine Gedanken zu sortieren.

Darrel stand in der Tür und grinste. »Diesmal binde ich dich aber an deinem Bett fest.« Er half James hoch und brachte ihn ins andere Schlafzimmer hinüber.

»Man muss dazusagen«, erklärte er mir, als er zurück war, »dass James mir nie zu nahe trat. Ich ließ mich zeichnen, weil ich ihm unendlich dankbar war, dass er mich in die WG eingeschleust hatte. Aber weiter ging die Dankbarkeit nicht. Das akzeptierte er auch sofort. Später hatte er einen Freund, und ich schlief oft bei Socks im Zimmer. Auf meiner eigenen Matratze, versteht sich.«

»Momentan ist James solo?«

»Scheint so. Ich wünsche es ihm, dass sich das bald wieder ändert. Seine letzte Beziehung ging in die Brüche, weil Max beruflich viel unterwegs war und sich in einen anderen verliebte. Vielleicht sieht James demnächst vor einem Pub einen wunderschönen Mann auf der Straße, der gar nicht weiß, wie schön er ist. Kann immer passieren.« Darrel küsste mich, bevor ich etwas über Geschmacksverirrungen auf Straßen sagen konnte. »Wäre das ein Problem für dich, wenn hier morgens plötzlich ein fremder Mann aus dem Bad käme?«

»Nein, wieso? Solange er eingeladen ist und sich nicht einfach nur im Haus geirrt hat, würde mich das überhaupt nicht stören. James hat auch kein Problem mit mir. Zumindest sagt er mir das nicht ins Gesicht.«

***

»Maggie kommt übrigens definitiv nicht mit«, verkündete Sean im Proberaum.

»Oh, nein! Wer packt uns dann den Picknickkorb für die Bühne?« Socks tat entsetzt.

»Wenn du nicht mehr alle Sandwiches im Picknickkorb hast, ist das nicht Maggies Schuld«, stellte James klar.

»Lou verteilt stattdessen backstage Haferkekse an Banjospieler. Das muss reichen!« Dylan stimmte seine Geige.

»Du irrst dich. Sie kommt auch nicht mit«, sagte Darrel leise. »Die haben bis Ende Oktober eine Urlaubssperre wegen einer Deadline, und sie hat auch nur noch wenige Urlaubstage übrig.«

»Echt nicht? Wer zerquetscht dir dann die Rippen, wenn du Panik bekommst?«

»Das ist nicht witzig, Dylan.« Sean sah ihm ernst in die Augen, dann schmunzelte er. »Du suchst dir deine weibliche Abendbegleitung gern spontan vor Ort. Wir bringen unsere lieber von zu Hause mit. Da kennen wir die Zutaten und bekommen nicht im Halbdunkel irgendeinen Mist serviert. Ich bin traurig, dass Maggie nicht freinehmen darf. Ich hätte sie gern dabeigehabt. Bringt sie doch geduldig immer wieder Ordnung in den Chaotenclub, den wir euphemistisch *Band* nennen. Es wird jetzt ein reiner Herrenausflug. Arthur's Wharf lassen ihre Familien auch zu Hause.«

Darrel schwieg, aber man konnte ihm ansehen, dass er sich nicht auf seine Freiheit freute.

»Wer teilt sich dann eigentlich mit wem das Zimmer?«, fragte Socks.

»Gegenfrage: Wer braucht sturmfreie Bude? Da vermutlich überall Rauchverbot herrscht, ist euer Laster zumindest kein Kriterium. Ich teile gern. Das ist mir lieber, als allein mies draufzukommen.« Sean spielte ein paar Takte und sprach dabei weiter. »Wir können uns auch abwechseln und sehen, wer mit wem am besten klarkommt. Was meint ihr?«

»Darrel ist der einzige von euch, mit dem ich schon einmal ein Zimmer geteilt habe, fällt mir gerade so ein.« Socks musste lachen. »Können wir gern wieder machen. Ich verspreche auch hoch und heilig, ihn diesmal nicht zu verprügeln.«

Sean zog die Augenbrauen hoch, beließ es jedoch dabei.

»Okay.« Darrel nickte.

»Ich teile gern mit Sean«, verkündete Dylan. »Da schlage ich nicht über die Stränge und konzentriere mich auf die Arbeit. Ist das in Ordnung für dich James?«

»Ja, klar, kein Problem.«

»Wir können zwischendurch alle mal tauschen, wenn du dich allein fühlst«, schlug Socks freundlich vor.

»Nein, ich glaube, eure Vorschläge sind für jeden die beste Lösung«, meinte James und lachte.

8. Einsamkeit

Es war merkwürdig still im Haus, als die Männer abgereist waren. Maggie lud mich gleich am ersten Tag pauschal für die Wochenenden und Abende in ihr Wohnzimmer ein, wo wir zusammen auf der Couch saßen und uns DVDs ansahen oder auch einfach nur Bücher lasen.

Mir war das recht, da ich mich allein in der Wohnung sehr einsam fühlte. Sean und Darrel riefen zwar von Tag zu Tag zu anderen Zeiten an, dann aber immer fast gleichzeitig. Ich ging für die Gespräche in unsere Wohnung und wartete mit meiner Rückkehr mindestens, bis Maggie klopfte. Wenn wir bereits aufgelegt hatten, kam ich mit. Wenn nicht, wusste ich, dass ich danach wieder hochkommen konnte.

Darrel wirkte vor den Auftritten sehr fahrig und unkonzentriert. Meistens sagte er nicht viel und beteuerte nur stets aufs Neue, wie sehr er sich freute, meine Stimme zu hören. Mir ging es mit ihm genauso. Leider wusste ich meist nicht, was ich sagen sollte. So viel ereignete sich nicht. Ohne ihn erschien mir alles banal und belanglos.

»Lies mir aus *London A-Z* vor«, scherzte er dann jedes Mal. »Es klingt immer so niedlich, wenn du *Leicester Square* oder *Shaftesbury Avenue* sagst.« Aber er wirkte traurig auf mich. Und ich vermisste ihn schrecklich.

Wenn er nach dem Gig zurück im Hotel und Socks im Bad war, rief er noch einmal kurz an, um mir eine gute Nacht zu wünschen. Vor Werktagen schlief ich dann schon, aber ich freute mich so, von ihm zu hören, dass es ihm gut ging, dass ich fast empört reagierte, als er vorschlug, es zu lassen, um mich nicht zu wecken.

Als ich am Dienstagvormittag nach einer Teambesprechung mein Mobiltelefon wieder einschaltete, fand ich einen entgangenen Anruf und eine SMS von einer mir unbekannten Nummer vor. Sie waren von Socks, der um Rückruf bat. Mir schwante Übles.

»Kannst du kommen? Darrel dreht jetzt völlig ab. Er hat sich letzte Nacht die Locken abgeschnitten«, flüsterte Socks, als ich ihn sofort anrief.

»Was?«

»Ich kann nicht lauter sprechen. Sonst hört er mich. Da sind nur noch Stoppeln, und wenn ich mich entschuldigen will, bekomme ich immer denselben Satz zu hören: *Verpiss dich!* Er sitzt mit geschlossenen Augen da, hält sich die Ohren zu und bewegt die Lippen. Zum Frühstück hat er nichts gegessen. Auch den anderen sagt er immer nur, dass sie ihn in Ruhe lassen sollen. Alles sei okay. Aber nichts ist okay! Sean und mir ist es inzwischen egal, dass wir aller Voraussicht nach ab sofort ohne Banjo auf die Bühne gehen, aber wir brauchen jemanden, der auf ihn aufpasst, wenn wir dort sind. Am besten nimmst du ihn mit nach Hause und gehst mit ihm zum Arzt. Kannst du kommen?«

»Wo seid ihr heute Abend?«

»In Newcastle. Ich kann dir Andys Nummer geben. Der hat alle Adressen. Und sag bloß nicht

Darrel, dass du kommst. Er hat Sean und mich angeschrien, als wir vorgeschlagen haben, dich zu holen.«

»Wenn es ihm aber gar nicht recht ist, dass ich komme …«

»Ich sag dir doch: Der dreht ab! Dem ist nichts und niemand mehr recht!«

»Ich kläre mit meinem Teamleiter, ob bei mir Homeoffice möglich ist. Freinehmen darf ich nicht, aber vielleicht kann ich unterwegs arbeiten. Sonst müsst ihr dort mit ihm zum Arzt. Ich melde mich.«

»Ruf Andy an. Der fährt bei Arthur's Wharf mit und telefoniert auch sonst ständig. Da fällt es nicht so auf wie bei mir.« Er gab mir die Nummer des Managers von Arthur's Wharf und legte auf.

Mir war klar, dass sich Darrel mit Händen und Füßen gegen einen vorzeitigen Abbruch der Tour sträuben würde. Socks erwartete da ein Wunder von mir, das ich mit Sicherheit nicht vollbringen konnte. Entweder war es so schlimm, dass ich ihn an Ort und Stelle einweisen lassen musste, oder er ließ sich beruhigen und machte irgendwie weiter. In beiden Fällen wollte ich aber unbedingt bei ihm bleiben.

Tim war alles andere als begeistert, weil wir eigentlich nur in absoluten Ausnahmefällen mehrere Tage am Stück das Homeoffice-Angebot nutzen sollten, aber er wollte mir keine Steine in den Weg legen.

Es stellte sich heraus, dass er ein Fan von Arthur's Wharf war. Unter der Bedingung, dass ich ihm Autogramme der ganzen Band mitbringe, installierte er mir sogar selbst alles Notwendige auf

172

einem Firmenlaptop, damit ich währenddessen recherchieren konnte, wie ich am besten nach Newcastle kam.

Ich musste erst einmal herausfinden, wo das überhaupt lag. Es gab offenbar mehrere Orte dieses Namens. Ich telefonierte mit Andy, der sich zum Glück sofort an mich erinnerte und generell ein sehr hilfsbereiter Mensch zu sein schien.

Als alles installiert war, verabschiedete ich mich und versprach Tim, tagsüber mein Telefon eingeschaltet zu lassen.

Ich war schon fast an der Tür, da rief mich John und kam mir mit wichtiger Miene hinterhergelaufen. Aber zum Glück wollte er nur Julia und daher notgedrungen auch mich zu seiner Geburtstagsfeier am Samstag einladen.

»Sorry, aber ich bin nicht in London!«

»Wo bist du denn?«

»Das weiß ich noch nicht, aber auf keinen Fall hier.«

Erst an der Haltestelle fiel mir auf, dass das nicht nur wie eine Ausrede geklungen haben musste, sondern auch wie die mieseste, die einem spontan einfallen konnte.

Zu Hause in Camden packte ich in Windeseile einen Koffer. Um Maggie nicht zu beunruhigen, schrieb ich ihr etwas von wegen *Planänderung* auf die Nachricht, die ich unter ihrer Wohnungstür durchschob. Aber andererseits war mir klar, dass sie nicht doof war und nach ihrer Rückkehr sicher postwendend Sean anrufen würde, der eingeweiht war. Von ihm hatte Socks meine Nummer erhalten.

Am Bahnhof Kings Cross herrschte Chaos. Irgendwelche Züge waren ausgefallen, und es wimmelte von Reisenden, die Anzeigetafeln studierten oder Tickets umbuchen wollten. Zum Glück war meine Strecke nicht betroffen, aber mein Zug fuhr mit einer halben Stunde Verspätung ab, die er während der Fahrt noch weiter ausbaute.

Ich öffnete den Laptop und versuchte, zumindest einen Teil meiner Sollzeit zu erreichen. Den Rest wollte ich an den kommenden Tagen nacharbeiten. Ich war es nicht gewohnt, mich mit dem Gerät auf dem Schoß mitten im Gewühl zu konzentrieren. Aber ich konnte froh sein, überhaupt noch einen Sitzplatz abbekommen zu haben.

Weiter vorn arbeitete jemand im Stehen. Er stand breitbeinig im Gang, stützte den Laptop auf der Ecke einer Rückenlehne ab, hielt ihn mit der einen Hand fest und tippte mit der anderen. Den Reisenden auf dem Platz schien es nicht zu stören. Vielleicht gehörten sie aber auch zusammen.

Als ich endlich im Hotel ankam, waren die Bands bereits weg. Andy hatte mich am Nachmittag angerufen, mir versichert, dass alles mit der Rezeption geklärt sei, und mir die Zimmernummer genannt.

Aber vor Ort wusste nach dem Schichtwechsel niemand Bescheid und man wollte mir verständlicherweise keine Karte für Darrels Zimmer geben. Mir war inzwischen alles egal, und ich fragte nach einem eigenen Raum. Doch wegen einer Veranstaltung waren sie restlos ausgebucht, und mir schwante, dass das in anderen Hotels auch nicht besser war. Außerdem lief mir die Zeit davon.

Meine Frage, ob ich den Koffer einlagern konnte, sorgte für Verwirrung. Prinzipiell war es möglich, aber man wusste nicht, ob ich ihn mitten in der Nacht zurückbekommen konnte. Da bat ich lediglich darum, mir ein Taxi zu rufen, und ich zog kurzerhand mit Sack und Pack los.

Vor der Halle lümmelten Jugendliche herum, die entweder keine Tickets mehr bekommen oder kein Geld dafür hatten. Ein paar bewarfen einander mit Flaschen. Ich blieb sitzen, gab dem Taxifahrer einen Fünfer extra und bat ihn, kurz zu warten. Begeistert war er nicht. Er fuhr ein Stück weiter und hatte wohl Angst um seine Scheiben.

Zum Glück ging Andy ans Telefon. Ich sollte bis zwanzig zählen, dann rechts an der Halle vorbeigehen und auf ein Licht achten.

Der Taxifahrer fuhr flott davon, nachdem ich mit meinem Gepäck ausgestiegen war.

Ich presste meine Laptoptasche fest an mich und trug den Koffer vorsichtshalber, um nicht unnötig mit Rollgeräuschen auf mich aufmerksam zu machen. Ganz hinten leuchtete jemand mit einem Display und schwenkte es hin und her. Als ich näherkam, öffnete die Person eine Tür, und ein Lichtschein fiel auf den Asphalt.

»Geh rein«, hörte ich Andys Stimme sagen. Er schloss die Tür hinter uns und lachte, als er meinen Koffer sah. »Sie haben es also nicht gepeilt in der Absteige.«

Er schien Kummer gewöhnt zu sein. Drinnen zeigte er mir kurz alles und drückte mir eine große Ansichtskarte von Newcastle in die Hand. Nick hatte ein paar nette, nichtssagende Worte für Tim geschrieben und das Ganze zusammen mit seinen vier Bandkollegen signiert.

»Damit wir es nicht vergessen«, meinte Andy geschäftsmäßig, als ich mich überschwänglich bedankte. Man musste ihn einfach gernhaben!

Er schien jemand zu sein, der an alles dachte. Ich hatte Tims Wunsch in unserem ersten Telefonat lediglich am Rande erwähnt, und nun wurde prompt geliefert. Dabei waren sie mir überhaupt nichts schuldig.

Die Bands hatten unter der Bühne separate Räume zur Verfügung. Ich sagte kurz bei Arthur's Wharf Hallo und bedankte mich, was gelassen zur Kenntnis genommen wurde. Deren Warm-up bestand offensichtlich aus Whisky. Im anderen Raum klappte ich den Laptop auf, um die Zeit zu nutzen, bis die Band zurückkam.

***

Socks schlenderte scheinbar gelangweilt auf die Bühne, drehte sich abrupt zum Publikum und grinste. Sobald er aus dem linken Augenwinkel Darrel sehen konnte, zählte er, wie Lou einmal vorgeschlagen hatte, zügig rückwärts von vier bis eins, sagte »Hi!«, kündigte den ersten Song an und nahm die Hände aus den Taschen.

Es lief recht gut. Er schielte dennoch immer wieder ängstlich zu Darrel, der aber wie festzementiert an seinem Platz stand und hochkonzentriert bei der Sache war. Dass er auf die hintere Wand der Halle starrte, statt vor sich ins Publikum zu schauen, hatte harmlose Gründe, die Socks bekannt waren. Darrel sah dort vor seinem geistigen Auge die Songs wie von einem imaginären Beamer an die Wand geworfen.

Socks' Gedanken kreisten hingegen die ganze Zeit um Lou. Andy hatte ihm zugeraunt, sie sei unterwegs. Aber sie hatte es entweder sich anders überlegt oder nicht mehr rechtzeitig geschafft. *Blödsinn! Lou würde es sich niemals anders überlegen!* Aber vielleicht hatte ihr Boss doch noch quergeschossen? Ihren Job und damit ihre Londoner Existenz würde sie sicher nicht riskieren, bloß weil sich der kleine Irre den Kopf rasiert hatte.

Wieder schielte er zu Darrel, der gerade im ständigen Wechsel mit Dylan spielte. Zum Glück konnte man die drei Zentimeter langen Stoppeln unter dem Hut nicht sehen. Er sah fast aus wie immer. Es fiel kaum auf, dass die gewellten Strähnen fehlten, die normalerweise unter dem Hut hervorkrochen.

Plötzlich sang Darrel die erste Zeile der dritten Strophe und ahmte sogar, so gut er konnte, Socks' Stimme nach. *Verdammt! Einsatz verpasst!* Socks sang, und Darrel schwieg.

Bis auf den Patzer war Socks am Ende mit sich zufrieden. Am Bühneneingang drehte er sich kurz um. Folgte ihm Darrel?

Der rannte ihn sogar fast über den Haufen, weil er offenbar nicht damit gerechnet hatte. »Geh weiter, du Idiot! Hier gibt es nichts zu sehen!«

Im Raum unter der Bühne stand Lou und ließ sich seelenruhig von allen umarmen. Sie war den Adrenalinüberschuss anscheinend inzwischen gewöhnt und schreckte auch vor James' verschwitztem Oberkörper nicht zurück. Der hatte sich bereits beim Gehen das T-Shirt ausgezogen.

Socks gab ihr einen dicken Schmatz auf die Stirn und freute sich über ihr verdutztes Gesicht. Er drehte sich zur Seite, um Darrel vorbeizulassen und dessen Reaktion genau beobachten zu können.

Darrel umarmte sie stürmisch und flüsterte ihr etwas ins Ohr. Lou lächelte und küsste ihn. Dann knöpfte sie ihm in Windeseile das Hemd auf, während er die Clips der Hosenträger öffnete.

Socks fielen fast die Augen aus dem Kopf. *Hey! Mal langsam!*, dachte er. *Ganz so ernst nehmen wir hier das mit dem Rock 'n' Roll auch wieder nicht! Ihr könnt euch wenigstens in eine Toilettenkabine zurückziehen!*

Auch Sean und Dylan glotzten dumm aus der Wäsche.

Nur James prostete Darrel mit der angebrochenen Ginger-Ale-Flasche zu und strahlte. »Viel Erfolg!«

Darrel setze Lou seinen Hut auf, zog sich ein schwarzes T-Shirt über den Kopf und nahm einen kräftigen Schluck aus der Saftflasche.

Die Tür ging auf, und Nick fragte Darrel mit rauer Stimme: »Fertig?«

»Ich komme!« Weg waren sie.

Socks lief zur Tür. »Hey! Deine E-Gitarre!«

Doch Lou hielt ihn am Arm fest. »Er braucht sie nicht. Er steht in der Ecke und soll nur einspringen, falls Nick die Stimme wegbleibt.«

»Woher weißt du das?«

»Er hat es mir eben erzählt. Sei mir nicht böse, aber auf mich wirkt er ganz normal, sofern bei euch überhaupt von normal die Rede sein kann.«

»Du hättest ihn sehen sollen! Die ganze Zeit Augen zu, Hände auf den Ohren und lautlos die Lippen bewegt.«

»Vielleicht war er noch nicht textsicher?«

Socks gaffte sie an. Dann fing er sich. »Ich habe ihn gestern den ganzen Tag wegen seiner Haare aufgezogen. Und dann ist er im Hotel vor dem Schlafengehen aus unserem Bad gekommen: Der Schopf war kurz wie beim Militär. Beim Frühstück gab er Tom den Bartschneider zurück und tat ganz cool und lässig. Erst als ich mit ihm reden wollte, wurde er ranzig und schnauzte die ganze Zeit nur: *Verpiss dich!*«

»Du weißt doch, wie nervös er immer ist. Das hat er bestimmt nicht böse gemeint.«

»Aber die Locken abrasiert hat er sich bisher noch nicht! Zumindest nicht die auf dem Kopf. Du weißt bei anderen Stellen eventuell mehr …«

»Stell ihn dir mal mit Hut oder mit rotblondem Wellenkopf zwischen den Typen von Arthur's Wharf vor.«

Socks musste grinsen. »Hm …«

»Siehst du? Das geht nicht.«

179

»Wir haben ein ernsthaftes Kommunikationsproblem.« Sean hatte die ganze Zeit stumm zugehört. »Witze und dumme Sprüche sind lustig und machen das Leben lebenswert. Aber es gibt Dinge, über die wir unbedingt ernst und offen sprechen sollten. Wir wissen, dass ein paar von uns eventuell einspringen müssen. Trotzdem kapieren wir es nicht, wenn es dazu kommt. Nick war gestern Abend heiser. Ihm kippte mehrmals die Stimme. Eigentlich war alles klar! Ich fasse mich auch an meine eigene Nase. Ich bin offensichtlich nicht in der Lage, Darrel für voll zu nehmen. Dem waren die Lästereien egal. Er hat sich nur Gedanken zu seinem Aussehen gemacht und sich vorbereitet.«

»… und sich heimlich gewundert, was ihr ständig von ihm wollt«, ergänzte Dylan lachend und bot Socks eine Zigarette an.

»Ich dachte, ihr wisst Bescheid. Sonst hätte ich es euch erzählt.« Alle starrten James an, der inzwischen zu Bier übergegangen war.

»Wie läuft das jetzt weiter ab?«, erkundigte sich Lou. »Bleibt ihr hier, oder geht es zurück ins Hotel? Draußen vor der Halle randalieren übrigens Jugendliche.«

»Oh, du Ärmste!« Sean sah sie mitleidig an. »Wie bist du an denen vorbeigekommen?«

»Andy hat Lotse gespielt.«

»Nett von ihm! Wir bleiben in der Regel hier und fahren gleichzeitig mit Arthur's Wharf zurück. Ich drücke mich an den Bühneneingang und sehe nach Darrel. Wer kommt mit?«

»Sorry, aber ich brauche eine Pause.« Dylan saß neben James, der ebenfalls den Kopf schüttelte.

»Ich komme nachher vorbei«, versprach Socks nach kurzem Zögern.

Lou hatte da längst den Laptop wieder aufgeklappt und schien nicht mehr zuzuhören.

Wie eine Besessene!, dachte Socks und schämte sich im selben Augenblick. Ohne diese alberne Kamikazeaktion hätte sie nun gemütlich Feierabend und könnte seelenruhig stricken und Darrel vermissen.

***

Ich hatte es mir backstage wesentlich lauter und chaotischer vorgestellt. Die separaten Räume entspannten die Situation ungemein. Man konnte zwar die Musik hören, und die drei hinter mir unterhielten sich, aber das blendete ich bald gedanklich aus. Es ging doch noch ein Stück voran, und ich war zuversichtlich, in den nächsten Tagen mein Soll zu erfüllen. Überstunden waren natürlich keine möglich, aber das war Tim sicherlich bewusst.

Als ich nur noch gähnte, fuhr ich den Laptop herunter und klappte ihn zu. Ich wollte nichts Neues mehr anfangen, da es bereits spät war. Ich drehte mich zu Dylan und James um, die herumlümmelten und tranken. Mir war nicht klar, was das sollte. Warum fuhren sie nicht einfach zum Hotel, tranken meinetwegen dort was und gingen zu Bett?

Ich beteiligte mich halbherzig an dem lahmen Gespräch, das erst wieder Fahrt aufnahm, als Socks auftauchte und einen Zwischenbericht ablieferte:

Nick sang selbst, und Darrel hatte sich auf der Bühne in eine Ecke gesetzt, die nicht ausgeleuchtet war. Das klang wirklich nicht sonderlich spannend.

Trotzdem war Darrel völlig mit den Nerven fertig, als er endlich zurückkam. Das Nichtstun hatte ihn nervöser gemacht als sonst das Spielen und Singen. Es fehlten wohl noch die Zugaben, aber die würde Nick ebenfalls allein bestreiten können.

Darrel setzte sich auf die Kante einer Bank und bat mich, mich im Reitersitz auf seinen Schoß zu knien. Ganz eng umschlungen saßen wir da eine gefühlte Ewigkeit, bis er aufhörte zu zittern und mir mein linkes Bein eingeschlafen war.

Und wieder fragte ich mich insgeheim, warum er sich den Blödsinn antat. Vielleicht war mein Kommen letztendlich doch nicht völlig überflüssig gewesen. Da nun alles geregelt war, konnte ich auch einfach mitreisen.

»Wie geht es dir?« Socks hatte sich neben uns gesetzt und klopfte Darrel auf die Schulter.

»Gut.«

»Ich wollte dich nicht ärgern mit meinem Geschwätz. Das musst du mir glauben.«

»Ja, klar.«

»Deine Haare setzen einen wichtigen natürlichen Farbakzent in einer optisch wenig ansprechenden Umgebung, sagt James. Er ist der Experte und muss es wissen. Wir anderen sehen total öde aus und müssen aus Verzweiflung auf rote Socken ausweichen.« Socks hob zum Beweis den linken Fuß hoch. Er trug tatsächlich zufällig die knallroten Exemplare seiner farbenfrohen Kollektion. »Ich bin ein schrecklicher Langweiler und überspiele es ständig, indem ...«

»Einigen wir uns darauf: Du hörst endlich auf, Scheiße zu labern, und ich verspreche im Gegenzug, mir heute Nacht im Bad keine Swastika auf die Stirn zu tätowieren und dich nicht in deinem Bett zu ermorden, damit es für Lou frei wird.« Darrel schien es eindeutig besser zu gehen.

Draußen war man mit den Zugaben fertig. Trotzdem zog sich alles noch ewig hin. Nebenan wurde mal wieder gefeiert, und wir waren alle eingeladen, erklärte mir Sean.

Darrel und ich blieben lieber allein zurück.

***

Was für Darrel die Gitarre, ist für Lou der Laptop, schoss es Socks durch den Kopf, als sie am Stadtrand von Leeds an der Rückseite der Halle ausstieg und dabei ihre Laptoptasche an sich presste.

Doch er hatte noch immer Gewissensbisse wegen der hirnlosen Aktion am Dienstag. Er hatte versucht, mit ihr darüber zu reden, aber sie hatte nur gelacht und gescherzt, dass sie zwar mit Arthur's Wharf auf Tour war, jedoch weiterhin nicht wusste, wie die live klangen.

Sie sah schlecht aus, wirkte übermüdet und gestresst und blickte, wenn sie sich unbeobachtete fühlte, geistesabwesend ins Leere. Sie hatte nicht viel von der Tour. Das war Socks bewusst.

Darrels Allgemeinzustand hatte sich hingegen verbessert. Vor und nach den Auftritten klammerte er sich zwar immer noch an sie wie ein kleines Kind am ersten Vorschultag an die Mutter, aber tagsüber wirkte er entspannt, lachte und scherzte. Einmal spielte er ihnen sogar seinen neuen Song *The Lost Boy* vor, den er abrupt in *Cuckoo Clock* übergehen ließ, ein witziges Frühwerk aus seiner Sturm- und Drangzeit.

Seit Lou mitreiste, teilten sich Socks und James ein Zimmer, aber es war nun schon mehrmals vorgekommen, dass James nach ihrer Rückkehr ins Bed & Breakfast gleich wieder verschwand und erst in den frühen Morgenstunden zurückkam. Einer der Roadies?

Während Darrel backstage routiniert das Banjo stimmte, die Finger warmspielte und zwischendurch ungeniert seine Freundin umklammerte, beobachtete Socks seine Bandkollegen und kam zu dem Schluss, dass sie alle locker zehn Jahre älter aussahen als vor der Tour.

Selbst brauchte er also gar nicht in einen Spiegel zu sehen, denn er bildete mit Sicherheit keine Ausnahme. War es das wert? Besonders Dylan wirkte ausgezehrt. Socks hatte ihm schon mehrmals vorgeschlagen, auf der Bühne mal einen Gang zurückzuschalten, denn er selbst bewegte sich mittlerweile auch ruhiger, aber Dylan beharrte darauf, das Tanzen gehöre zu seinem Image. Punkt.

Die Tür ging auf, und Lennard, der Drummer von Arthur's Wharf, kam herein. Nebenan hatte inzwischen offensichtlich das berüchtigte Warm-up begonnen. Doch das allein konnte den leichten Linksdrall nicht erklären, den er stetig korrigieren musste, als er auf Darrel und Lou zusteuerte. Vermutlich hatte er sich bereits früher am Tag für das Warm-up aufgewärmt.

Socks sah genauer hin und staunte Bauklötze. *Echt jetzt? Der hat die Hose offen?* Bevor Socks aufspringen und einschreiten konnte, stellte sich Lennard neben das engumschlungen dasitzende Pärchen, tippte Lou auf die Schulter, deutete auf seinen offenen Hosenschlitz und gab ihr einen kleinen Gegenstand in die Hand.

»Kannst du mir bitte den Knopf annähen?«, fragte er mit schwerer Zunge.

Lou betrachtete den Metallknopf, gab ihn ihm zurück und antwortete freundlich: »Den kann man leider nicht annähen. Der ist genietet, und der Stoff ist ausgerissen. Da wirst du dir neue Jeans kaufen müssen. Mach den Reißverschluss zu und trag das T-Shirt drüber. Für heute Abend wird's reichen.«

Lennard bedankte sich und zog von dannen. Sean schloss schnell die Tür hinter ihm, damit das schallende Gelächter nicht so laut nach draußen drang.

»Und der Preis für die coolste Tourbegleiterin geht in diesem Jahr an – Lou!«, rief Socks ausgelassen. »Man reiche mir den alkoholfreien Champagner für ihre standesgemäße Dusche!«

»Zwei Flaschen!«, korrigierte ihn Darrel. »Der Typ trägt keine Unterwäsche.«

9. Finden und suchen

Da keiner außer Sean einen Führerschein besaß und er sich ohne Fahrpraxis die Strecken nicht zutraute, fuhr einer der Roadies den Van, den die Hamlet's Mates gemietet hatten.

Er stellte sich mir als Gilbert vor, wurde aber von allen nur Gil genannt. Das war eine neue Variante: Ich kannte den Namen, wusste aber nicht, ob man zur Band gehören musste, um die Kurzform verwenden zu dürfen.

Zum Glück war es egal, da er sich mir gegenüber eher zurückhaltend verhielt. Dennoch war er ein Kavalier der alten Schule und trug beim Ausladen des Gepäcks stets meinen Koffer die Stufen hoch, wenn welche vorhanden waren. Man hätte ihm das beim Anblick seiner langen Haare, der zerschlissenen Jeans und der gefühlt zwanzig Jahre alten Lederjacke nicht zugetraut.

Mit der Band verband ihn inzwischen ein kumpelhaftes Verhältnis, was für sie große Vorteile brachte. Wie Darrel mir am ersten Abend nach meiner Ankunft erzählt hatte, waren sie alles andere als gut auf die Tour vorbereitet.

Dass das benötigte Equipment nicht oder nicht in den erforderlichen Dimensionen vorhanden war, war Arthur's Wharf von Anfang an bekannt gewesen. Man half großzügig aus und zog das ebenso großzügig von der Gage ab. Doch die mangelnde Erfahrung der Hamlet's Mates war für die

Roadies, die sich plötzlich um zwei Bands kümmern mussten, eine zusätzliche Belastung. Gil hatte während der Fahrt immer wieder geduldig viele Selbstverständlichkeiten erklärt.

Sein jüngerer Kollege Justin verdrehte hingegen fortdauernd die Augen und wurde von ihnen deshalb hinter seinem Rücken nur noch *Kullerauge* genannt. Die Tonabnehmer für die akustischen Instrumente verursachten leichter Rückkopplungen, was für ihn Neuland bedeutete. Ständig ermahnte er sie daher vorsorglich, sich von den Lautsprecherboxen fernzuhalten, obwohl das Unsinn war, da diese logischerweise zum Publikum hin ausgerichtet wurden.

Inzwischen benutzte die Band das als Running Gag für sämtliche Lebenslagen: »*Halte* dich mit deinem *akustischen* Teller vom Frühstücksbüfett *fern*!« – »*Halte* dich mit deiner *akustischen* Reisetasche vom Van *fern*!« – »*Halte* deinen *akustischen* Hut von deinem Kopf *fern*!«

Nach unserer Abfahrt in Newcastle nutzte ich einen Zwischenstopp an einem Einkaufszentrum, um mir Ohrenschützer zum Arbeiten und einen Föhn zu besorgen, während die anderen ihre Bier-, Saft- und Ginger-Ale-Vorräte aufstockten. Socks wies mich darauf hin, dass es sich bei dem von mir erworbenen Gerät nicht um eine Schlagbohrmaschine handle und daher kein Gehörschutz erforderlich sei.

»Die brauche ich wegen des Lärms, den ihr jeden Abend verursacht«, antwortete ich wahrheitsgemäß. »Könnt ihr nicht zur Abwechslung mal leiser spielen oder eure *akustischen* Tonabnehmer von den Instrumenten *fernhalten*?«

»Wir könnten stattdessen auch Karten spielen«, schlug Darrel daraufhin vor. »Oder Scharade.«

Der neue Föhn mutierte zu einem weiterer Running Gag und wurde ab sofort bei jedem technischen Problem postwendend als Allheilmittel vorgeschlagen.

In meiner Einfalt hatte ich angenommen, in den Hotelzimmern sei einer vorhanden, aber bereits in Newcastle stand ich nach dem Duschen mit nassen Haaren und dummem Gesicht da. Eine Broschüre informierte mich darüber, dass an der Rezeption ein Föhn ausgeliehen werden konnte, aber die war mitten in der Nacht nicht besetzt.

Ganz kurz war ich in Versuchung, es Darrel gleichzutun und mir meine schulterlangen Haare abzurasieren, aber die Eitelkeit siegte selbstverständlich augenblicklich. Allzu sehr wollte ich mich auf seinen schlechten Geschmack bei Frauen lieber nicht verlassen, obwohl ich gern Socks' Gesicht beim Frühstück gesehen hätte. Wen er dann wohl panisch angerufen hätte?

Ansonsten übernachteten wir auch häufig in einer Art Bed & Breakfast, das wohl weniger von Touristen und hauptsächlich von Handwerkern auf Montage und anderen Saisonkräften genutzt wurde.

Die Mitglieder von Arthur's Wharf hingegen gönnten sich immerhin durchgehend miese Hotels. Nur ab und zu waren beide Bands im selben Hotel untergebracht, was nicht unbedingt von Vorteil war, weil bei ihnen nachts ewig keine Ruhe einkehrte.

Möglicherweise war das der Grund, warum Andy bereits zu Beginn der Tour ein paar seiner eigenen Buchungen in den Hotels storniert und sich stattdessen in unseren Unterkünften Zimmer bestellt hatte, sofern das kurzfristig möglich gewesen war. Vielleicht lag es aber auch daran, dass ein paar Mitglieder von Arthur's Wharf ziemlich müffelten, wenn sie sich am Frühstücksbüfett hastig etwas für unterwegs zusammensuchten und in Servietten wickelten. Offensichtlich hatte ihnen keine Maggie geraten, genug Kleidung zum Wechseln mitzunehmen.

Immer öfter fragte ich mich insgeheim, ob dies alles wirklich das war, was Darrel sich erträumte. Tagsüber wirkte er ruhig und entspannt. Nur rund um die Gigs spielten seine Nerven verrückt. Ein von mir erhoffter Gewöhnungseffekt war leider nicht zu beobachten.

Wenn es möglich war, unternahmen Darrel und ich nach unserer Ankunft einen flotten Spaziergang durch das Viertel. Die Bewegung an der frischen Luft tat uns gut, und ich wollte wenigstens sehen, wo ich gewesen war, um mich immer daran erinnern zu können, wo ich auf keinen Fall ein zweites Mal hinwollte.

Eines Nachts, als er nach dem Zähneputzen müde aus dem Bad kam, fragte ich ihn rundheraus: »Bist du glücklich?«

»Ja.« Er schenkte mir sein Verstandkillerlächeln und fügte hinzu: »Und wenn ich Glück habe, werde ich gleich noch viel glücklicher. Oder möchtest du jetzt schlafen?«

Ich musste lachen.

»Du lachst. Also meist du das ernst«, stellte er zwinkernd fest. »Warum fragst du?«

»Ich habe mir unter einer Tour etwas ganz anderes vorgestellt.«

»Es geht um die Tour? Die ist totaler Mist! Aber da muss man wohl durch, wenn man bekannt werden will. Ich dachte, du meinst das mehr feminin-grundsatzdiskussionsmäßig.«

»Wir können gern eine Grundsatzdiskussion über die verschiedenen Arten von Glück führen, wenn du magst. Spät in der Nacht kommt das immer gut.«

»Hilfe! Ich muss weg! Mir fällt ein, dass ich dringend etwas erledigen muss. Was war das gleich?«

»Wir können aber auch über die Tour reden.«

»Ist mir entschieden lieber.« Er kroch unter die Decke.

»Für mich ist beim Stricken der Weg das Ziel. Aber bei eurer Tour kann ich mir nicht vorstellen, dass das hier das Ziel sein soll.«

»Ist es auch nicht. Die Leute wollen Arthur's Wharf sehen. Wenn wir mit unseren ulkigen Instrumenten auf die Bühne kommen, siehst du richtig, wie denen das Gesicht abstürzt. Gerade die, die vorn stehen, sind nicht bereit, uns wenigstens mal zehn Sekunden lang eine Chance zu geben. Weiter hinten lassen sich viele auf uns ein, sobald sie geschnallt haben, was wir wirklich machen. Aber Buhrufe kann man nur schwer ignorieren.«

»Sie haben euch ausgebuht?«

»Nicht sie. Das Publikum ist keine homogene Masse, die im Gleichschritt entweder buht oder jubelt. Aber ein, zwei Typen sind meist dabei, die sich zwischen den Songs wichtigmachen. Vermutlich haben sie sonst nichts im Leben. Da muss man aufpassen, dass sie andere nicht anstecken. Wir schreien sie nieder, indem wir die Lücken schließen und quasi nonstop spielen. Wenn man die technischen Möglichkeiten hat, muss man sie auch nutzen. Aber das schlaucht natürlich. James kommt kaum zum Trinken.«

»Ich hatte keine Ahnung, dass es so schlecht läuft.«

»Man darf sich nicht unterkriegen lassen. Inzwischen hoffen wir, dass Andy uns unter seine Fittiche nimmt. Dann hätte der Irrsinn wenigstens etwas Gutes. Er wirkt so ruhig und zurückhaltend, kennt aber die richtigen Leute. Er labert nicht, er macht einfach. Das gefällt mir an ihm.«

»Hätte er denn Zeit, sich um euch zu kümmern?«

»Ich weiß nur, dass er mehrere Bands managt. Er hält sich aber bedeckt und plaudert nie aus dem Nähkästchen. Deshalb ist alles so schwer einzuschätzen. Er steht oft hinterm Bühneneingang und beobachtet uns. Das müsste er sich nicht antun.«

»Immerhin einer, der sich wirklich für euch interessiert.«

»Ja, das baut mich echt auf. Ich sage mir immer: Solange noch einer zuhört, rentiert sich das, was wir tun. Aber andernfalls würde ich wahrscheinlich trotzdem mit der Musik weitermachen und notgedrungen für mich selbst spielen.« Das klang nicht trotzig, sondern wie eine simple Feststellung.

»Dass ich euch nicht zuhöre, hat nichts damit zu tun, dass ich euch nicht ertrage.«

»Mir ist das recht, dass du deine Zeit sinnvoller nutzt und davor und danach ganz für mich da bist, statt dir jeden Abend denselben Gig reinzuziehen. Ich möchte auch gar nicht, dass du das hautnah miterlebst. In den Londoner Pubs läuft es definitiv besser für uns. Da kommen auch Leute, die uns hören wollen.«

»Heimweh?«

»Ich freue mich ehrlich auf London. Und ich freue mich ganz egoistisch, dass ich diesen unseligen Quatsch nicht allein durchstehen muss. Andererseits habe ich ein schrecklich schlechtes Gewissen, weil du dir diesen Wahnsinn für mich antust.«

»Mach dir keine Sorgen. Ich bin nicht deinetwegen hier, sondern weil ich ein Auge auf Lennard geworfen habe. Sein roter Kopf, sein elegant schlingernder Gang, sein Jeansknopf … Ja, sein *je ne sais quoi* …«

»Wenn er auch noch WLAN in der offenen Hose hätte, wäre er dein Traumtyp.«

»Ja, ich glaube fast, dann würde ich wirklich schwach werden.« Ich kuschelte mich ganz eng an Darrel, der wohlige Wärme verströmte. Mir war trotz meines abtörnenden Schlafanzugs ziemlich kühl unter der für die Jahreszeit etwas zu dünnen Bettdecke.

»Boah! Deine Füße sind eiskalt!« Er lachte und wärmte mich, so gut es ging. »Tut mir ehrlich leid, dass wir hier in so billigen Absteigen wohnen, die nicht mal richtig geheizt sind. Immer wenn die anderen die Minibar vermissen, ärgere ich mich. Wir könnten uns die Preise ohnehin nicht leisten. Und du hast beim Arbeiten viel größere Probleme, jammerst aber nie.«

»Ach, weißt du, Lennards Duft macht das alles wieder wett.«

»Da kann ich leider nicht mithalten, wenn ich weiterhin regelmäßig dusche. Vielleicht sollte ich ihn mal fragen, welches Aftershave er verwendet.«

»Das musst du nicht fragen. Düfte kann man analysieren, weißt du? Die Kopfnote ist eine alte Ledercouch, auf der regelmäßig eine verschwitzte Fußballmannschaft übernachtet. Die Herznote ist ein Fass Whisky. Nur bei der Basisnote bin ich mir nicht sicher, um welches tote Tier es sich handelt.«

»Ich werde morgen auf der Fahrt die Augen offenhalten. Vielleicht liegt am Fahrbahnrand etwas, in dem ich mich wälzen kann. Für dich würde ich alles tun.« Er stand auf und holte ein frisches Paar Socken aus seiner Reisetasche. Für mich.

***

»Lass den Quatsch! Die Sitze werden ganz nass.« Gil drückte auf einen Knopf, und die Scheibe auf Socks' Seite fuhr wieder hoch. Sie waren bei strömendem Regen in einem Vorort von Manchester unterwegs, und Gil musste auf die Anzeige des Navis achten, um sich nicht ein drittes Mal zu verfahren.

»Das sind deine Notizen! Spinnst du?«, rief James. »Gil, halt an! Halt bitte an!«

Gil fuhr den Van links ran. James rannte durch den strömenden Regen den Weg zurück und sammelte die zu Bällen zusammengeknüllten Seiten ein, die Socks aus dem Fenster geworfen hatte.

»Was ist los?« Sean, der mit Dylan ganz hinten saß, hatte etwas geschlafen, bis James die Schiebetür aufriss und hinaussprang.

»Die sind scheiße! Die braucht kein Mensch!«, brüllte ihm Socks hinterher.

»Gib her!« Darrel beugte sich nach vorn und riss ihm den kleinformatigen Collegeblock aus den Händen. »Das stecke ich in Lous Tasche, bis dein Verstand wieder Normwerte für Durchschnittsspinner erreicht!«

»Kann ich helfen?« Lou sah von ihrem Laptop auf und nahm den Gehörschutz ab.

»Ja, steck das mal bitte ein, bis Socks seinen Rappel überwunden hat.«

»Du schreibst jetzt hundertmal den Satz: Ich darf in einem Aquarium am Arsch der Welt keine halbfertigen Songtexte aus dem Fenster werfen! In Schönschrift!«, rief Dylan nach vorn.

James kam patschnass zurück und setzte sich wieder auf seinen Platz. »Du Idiot!«

»Danke!« Socks drehte sich nach hinten und wollte nach den Papierbällen greifen.

»Hände weg! Sonst sind die Hände weg! Ich laufe nicht noch einmal durch den Regen. Beim nächsten Mal fliegst du hinterher!« James klang stocksauer.

»Ihr kennt die Tour-Regeln: Keine Messerstechereien im Van!« Sean döste wieder ein.

Socks stand am Fenster des Zimmers, das er sich mit James im Bed & Breakfast teilte, und blickte nach draußen. Der Regen hatte sichtlich nachgelassen, nachdem das Gepäck ausgeladen worden war.

Den Collegeblock, den Lou eingesteckt hatte, hatte Darrel ihm vorhin vorbeigebracht. Doch die herausgerissenen Seiten waren nicht dabei gewesen.

James gehörte zu den Menschen, die nie lange sauer blieben. Dennoch traute sich Socks nicht, nach den nassen Papierkugeln zu fragen. Auf dem Heizkörper lagen sie jedenfalls nicht. Auch im Bad hatte er sie nirgends entdecken können.

Es klopfte.

»Ist offen!«, rief Socks.

James stand seufzend auf, um zur Tür zu gehen.

Doch es war Sean, der bereits der lässigen Einladung Folge leistete. »Ist es euch recht, wenn wir heute zur Abwechslung mal gleich nach dem Gig zurückfahren? Gil ist es egal, solange er den Van wieder mitnehmen kann.«

»Super Idee!«, antwortete James.

»Wie sieht's mit dir aus?« Sean sah Socks erwartungsvoll an.

»Ich schließe mich der Mehrheit an. Muss ich also zur Strafe früh ins Bett?«

Sean setzte sich auf den wackeligen Stuhl, der in der Ecke des winzigen Zimmers stand und schlug die Beine übereinander. »Ich will dir nichts vormachen. Dein Ausraster ist tatsächlich der Grund dafür. Wir schlafen zu wenig, und ihr trinkt zu viel.«

»Jetzt geht das wieder los!«

»Nein, das geht nicht los. Daheim bewegt sich euer Alkoholkonsum im Rahmen dessen, was bei der Durchschnittsbevölkerung üblich zu sein scheint. Aber hier ist plötzlich an jedem Tag Wochenende. Wenn ihr glaubt, dass das zur Tour dazugehört, dann fragt euch mal, wie weit es Arthur's Wharf auf diese Weise gebracht haben. Sie spielen seit Jahren dieselben Songs rauf und runter, weil Tom nach der ersten CD nicht mehr viel eingefallen ist. Und sie sind geschätzt fünfzehn Jahre älter als ihr und nur ein paar älter als ich. Sie sehen aber momentan aus wie Ende fünfzig.«

»Echt?«

»Ja. Was dachtest du? Nick hat sich mit Abstand am besten gehalten. Rate mal, warum!«

»Ich dachte, der ist jünger als die anderen.«

»Lass es mal drei Jahre sein. Höchstens.«

»Woher willst du das wissen?«

»Nick und ich haben mal kurz zusammen in einer Schülerband gespielt. Man kennt sich.« Sean ließ sich vom Gelächter seiner Bandkollegen nicht beirren. »Ich erwarte gar nicht, dass ihr so radikal den Stecker zieht wie Darrel. Ich trinke samstags auch ein paar Bier, wenn wir ausgehen, und will ganz bestimmt nicht darauf verzichten. Aber das, was hier gerade abläuft, widert mich langsam an. Deshalb mein Vorschlag, der genau das ist: ein Vorschlag. Du kannst gern dortbleiben und mit den Zombies feiern, bis dem Morgen vor euch graut. Wundere dich nicht, wenn dir dann irgendwann regelmäßig die Nerven durchgehen.«

»Ich komme mit euch.«

196

»Gut. Und schöne Grüße von Lou.« Er stand auf, zog ein paar zerknitterte Zettel aus der Gesäßtasche und legte sie auf Socks' Bett. »Sag nie wieder etwas gegen ihren Föhn. Der gehört offenbar tatsächlich zum dringend benötigten Equipment auf einer Tour. Bis nachher!«

»Bis dann!«, sagte James, als Sean schon fast draußen war.

Socks starrte auf die Zettel.

»Sean hat recht.« James holte die Sachen aus seiner Reisetasche, die er hier brauchte.

»Sean hat immer recht.«

»Wenn ich mal in Lennards Alter bin, will ich nicht mehr in so albernen Hallen spielen. Was war das bei Leeds? In dem Schuppen sind einst unsere Urgroßmütter beim Tanztee hold errötet. Und nun spielen dort drittklassige Bands, bis das Dach einstürzt. Dafür gebe ich meinen Job ganz bestimmt nicht auf.«

»Ich auch nicht«, gestand Socks. »Danke nochmal!« Er hielt die Zettel hoch.

»Habe ich alle erwischt?«

»Ich glaube, ja.«

»Na, wenigstens etwas. Was war denn los, sag mal?«

»Mir fiel nichts mehr ein.«

»Na und? Muss ja nicht.«

Socks strich die Zettel glatt. Auf einem war in zierlicher Mädchenschrift eine Strophe hinzugefügt worden. Der Mann, der drei Strophen lang aus Liebeskummer die Great Marlborough Street entlangging, rauchte, über sein Leben philosophierte, seinen Kopf gegen jeden Laternenpfahl schlug und

Damn it rief, wurde in der vierten plötzlich als Idiot tituliert, fuhr nach Manchester, warf Songtexte aus dem Fenster und rief *Hurrah.*

Socks lachte schallend.

»Was ist jetzt los?«, fragte James.

»Schau mal!« Socks gab ihm den Text.

»Hey! Super!«

»Das ist so schräg, dass wir das genau so lassen sollten. Wenn wir berühmt sind, müssen wir doch ein Geheimnis haben, das ich in einem Exklusivinterview enthüllen kann.«

»Dann musst du Lou aber auch als Songwriter aufführen.«

»Natürlich. Darrel wird sich freuen, ihren Namen neben seinem zu sehen.«

»Kann man nur hoffen, dass die zusammenbleiben.«

»Das kann man auch aus ganz anderen Gründen nur hoffen.«

Socks klopfte bei Darrel und Lou an. »Ich bin's, Socks! Störe ich?«

»Komm rein! Es ist nicht abgeschlossen!«, rief Lou.

Er öffnete die Tür und war erstaunt, weil sie gerade die Betten eingehend untersuchte.

»Darrel ist nicht da«, erklärte sie. »Sean hat ihn zur Besitzerin geschickt, damit er lieb lächelt und fragt, ob wir uns heute Abend nach dem Konzert noch ein bisschen im Frühstücksraum zusammensetzen dürfen. In diesen Zimmerchen müssten wir uns stapeln.«

»Wenn er fragt und lächelt, geht das klar. Was machst du?« Socks sah ihr verwundert zu.

»Ich suche nach Wanzen«, gestand Lou verlegen.

»Glaub mir, uns will keiner freiwillig zuhören. Sonst hätten wir längst einen Plattenvertrag.«

»Bettwanzen.« Sie lachte. »Ich weiß, dass ich eine Spießerin bin, aber ich kann nicht anders.«

»Meine Mum hat im Urlaub auch immer alles nach Wanzen abgesucht.« Socks lächelte traurig. »Das ist ja eigentlich nicht dumm. Wir anderen verbrennen am besten unsere Reisetaschen im Hinterhof, wenn wir wieder zu Hause sind.«

»Siehst du sie oft?«

»Wen?«

»Deine Mum.«

»Sie ist tot.«

»Das tut mir leid.« Lou sah ihn mitfühlend an, und er fragte sich zum wiederholten Male, was ihn an ihr so an seine Mutter erinnerte. Rein äußerlich bestanden kaum Gemeinsamkeiten.

»Meine Mum ist tot, mein Vater ist ein Arschloch, und ich werde ihm immer ähnlicher«, zählte Socks auf.

»Inwiefern?«

»Er hat auch gesoffen wie ein Loch und wichtige Sachen aus dem Fenster geworfen.«

»Ursache und Wirkung«, stellte Lou nüchtern fest. »Gegen sein Temperament kann man nicht viel machen, aber gegen die Rahmenbedingungen schon.«

»Vielleicht gibt James heute Abend im Frühstücksraum eine Runde Ginger-Ale aus. Darauf freut sich der kleine Socks schon wie verrückt.«

»Wenn du brav dein Glas austrinkst, verpetze ich dich auch nicht bei den Leuten von Arthur's Wharf.«

»Die würden uns für Babys halten.«

»Ja, aber das macht nichts, denn ihr wisst ja, wer's sagt.«

Darrel kam herein und lachte. »Kaum lässt man sie mal kurz allein, holt sie sich gleich einen anderen Typen aufs Zimmer. Die Frau ist unersättlich.«

»Dass ich gerade das Laken wieder glattziehe, spricht auch nicht wirklich für mich«, stellte Lou gespielt nachdenklich fest.

»Ach, ich sehe das nicht so eng. Ich war höchstens fünf Minuten weg. Wenn ihr schon wieder fertig seid, kann er nicht sonderlich gut gewesen sein.«

»Ich wollte mich nur kurz bei unserer neuen Songwriterin für die Hilfe bedanken.« Socks musste bei dem Gedanken an die überraschende Wendung in der Story erneut lachen.

»Ich war mir nicht sicher, ob du sauer wirst, wenn ich mich an deinem Text vergreife. Aber weißt du, wenn ich eine Idee habe, dann muss die raus.« Mit einem Schulterzucken fügte Lou hinzu: »Und du hattest ihn ja weggeworfen.«

»Willkommen in der Band! Wir lassen ihn so, wie er ist, und setzen deinen Namen hinter Darrels. Kein Witz, kein Netz, kein doppelter Boden.«

»Das war doch nur Spaß!«

»Das hat so mancher gedacht, der jetzt Banjo spielen muss. Hat Darrel dich nicht gewarnt?«

Darrel machte ein erstauntes Gesicht. »Lou soll Banjo spielen? Ist dir denn Mitleid völlig fremd?«

Lou lachte. »Ja, er hat kein Mitleid mit dem Publikum!«

»Kennst du das noch gar nicht?« Socks zeigte ihm den Songtext.

»Und sie schreibt ihm auch noch heimlich Briefe! Ist das zu fassen?« Darrel mimte Empörung. »Halt! Sie nennt ihn einen Idioten! Vermutlich findet sie, es sei an der Zeit, ihm das endlich mal schriftlich zu geben. Dafür habe ich natürlich volles Verständnis.«

***

»Bleibt bitte noch hier. Wir müssen uns ernsthaft unterhalten.« Sean sah traurig aus, und auch Maggie, die heute Küchendienst hatte und nach dem Essen die Teller wegräumte, wirkte in sich gekehrt. Nach unserer Rückkehr hatte uns der Alltag wieder eingeholt, und ich war ehrlich froh darüber. Doch nun schien irgendetwas passiert zu sein.

»Soll ich euch allein lassen?«, fragte ich, weil mich unangenehme Bandneuigkeiten nichts angingen.

»Nein, bleib. Ich möchte mit euch allen sprechen.«

Maggie setzte sich.

Sean zog ein Tütchen aus seiner Hosentasche und hielt es hoch. »Als ich vorhin unten eine Druckerpatrone austauschte, fand ich in einer leeren

201

Verpackung dies hier! Wir sind nicht in einem drittklassigen Krimi, und ich habe zu lange in der Drogenberatung gearbeitet, um so dumm zu sein, das theatralisch mit dem angefeuchteten kleinen Finger zu probieren. Wer Drogen am Geschmack erkennen kann, hat meiner Meinung nach selbst ein Problem. Es wird kein reines Milchpulver sein, sondern ist höchstens damit gestreckt. Ich hoffe, ich habe damit alle dummen Sprüche selbst abgehakt, und wir können zu der Frage übergehen, wem das Zeug gehört.«

Alle schwiegen überrascht, und die üblichen Kommentare blieben aus.

»Nun?«

Ich hatte den Eindruck, dass Socks und James, die uns gegenübersaßen und den Kopf gesenkt hielten, kurz verstohlen zu Darrel blickten. Ich zwang mich, es ihnen nicht gleichzutun.

»Damit wir uns nicht falsch verstehen: Ich biete meine Hilfe an. Niemand muss gehen, aber ich erwarte, dass meine Hilfe angenommen wird. Wir alle wissen, wie gefährlich harte Drogen sind. Es gibt kein *bisschen abhängig* oder *die Droge im Griff haben* oder *jederzeit aufhören können*. Über den Kindergarten sind wir intellektuell hinaus. Jemand in diesem Haus hat ein Problem, das er dringend angehen muss. Und ich möchte es mit ihm angehen.«

Maggie räusperte sich. »Gut. Ich frage in die Runde: Dylan?«

»Warum fragst du mich?«

»Ich fange eben links an. Socks?«

»Nein.«

»James?«

»Nicht meins.«

»Lou?«

Ich spürte, wie meine Wangen heiß wurden. »Es gehört mir nicht«, flüsterte ich.

Sie sah mich eine Weile ruhig an und wandte dann den Blick ab. »Darrel?«

Er antwortete nicht, sondern hielt den Kopf gesenkt und knetete seine zitternden Finger.

Sean sprach freundlich, fast im Plauderton. »Darrel, ich hatte überhaupt nichts dagegen, dass James dich damals wortwörtlich von der Straße aufgesammelt und hier einquartiert hat. Letzteres, nachdem du denen in der Klink fast hopsgegangen bist. Du warst sehr jung. Du hast inzwischen gelernt, Chancen zu erkennen, und ich bin sehr glücklich, dass du die beruflichen Möglichkeiten nutzt, die dir dein Patenonkel bietet.«

Ich berührte unter der Tischplatte Darrels Hände, doch er erwiderte den Druck nicht, sondern saß nur so da und knetete weiter seine Finger. Wie ein Verurteilter auf dem Arme-Sünder-Karren. Ich ließ meine Hand auf seiner liegen und hoffte, dass er sie irgendwann ergreifen würde.

Sean sah ihn ernst an. »Es ist schwer, von harten Drogen wegzukommen, und noch schwerer, davon den Rest des Lebens die Finger zu lassen. Wir haben dir mit der Tour zu viel zugemutet. Du scheinst es uns ständig aus Dankbarkeit recht machen zu wollen. Das musst du nicht. Du schuldest uns nichts. Verkauf das Banjo. Bleib daheim, wenn wir so bekloppt sind, mit den versoffenen Löchern auf Tour zu gehen. Das war eine Scheißidee! Wir brauchen die fertigen Gestalten nur anzuschauen und sehen unsere eigene Zukunft, wenn wir so weitermachen.«

»Ihr dürft das denken, wenn es euch tröstet«, flüsterte Darrel. »Mir gehört das aber nicht.«

»Es gehört dir nicht?«

»Nein.«

»Dylan?«, fragte Socks.

»Yep.«

Sean zuckte zusammen und schien kurz seine Selbstsicherheit zu verlieren. Er holte tief Luft und sah Dylan ratlos an. »Deshalb also die Gegenfrage.«

»Sorry, Darrel!« Dylan schenkte ihm ein schräges Lächeln, doch Darrel blickte nicht auf.

Sean stand auf, ging um Maggie herum und legte Darrel die Hand auf die Schulter. »Es tut mir sehr leid. Das war sehr dumm von mir. Bitte verzeih mir.«

»Okay.«

»Wirklich okay?«

»Ich habe es ihr nie erzählt.« Eine Träne tropfte auf meine Hand, doch er erwiderte meine Berührung noch immer nicht. Dachte er, dass ich nichts begriff?

Die anderen sahen mich verlegen an, und ich wusste nicht, was ich sagen sollte. Ich hatte es nie wissen wollen und wollte es auch jetzt nicht wissen. Allein die Vorstellung, dass er anscheinend fast gestorben war, blockierte meinen Verstand. Aber es ging nicht nur um sein Schweigen, sondern auch um meines.

»Ich habe die Narben in deiner linken Armbeuge gesehen«, hörte ich mich flüstern.

Er fragte: »Wann?«

»Am Tag nach unserem Date in den Kensington Gardens.«

»Und du bist nicht um dein Leben gerannt?«

»Sie sahen alt aus.«

»Sieben Jahre«, flüsterte er und sah mich kurz an, bevor er den Blick wieder senkte. »Mein HIV-Test war negativ.«

Maggie stand auf, umarmte erst Darrel, dann mich. Sie setzte sich und hatte Tränen in den Augen.

Darrel reagierte nicht.

»Ich bekam es von Andy geschenkt«, gestand Dylan.

»Es ist nicht viel, aber trotzdem eine Menge, die man nicht als Kostprobe geschenkt bekommt.« Sean blieb geduldig. »Dass Andy notgedrungen alles besorgt, was das Herz seiner Klienten begehrt, ist Insidern bekannt. Aber man muss ihn darum bitten und bezahlen. Von sich aus bietet er nichts an und verschenkt nichts. Er scheint auch nichts daran zu verdienen.«

»Er sah mich nachts im Gang, als er Besuch bekam. Ich hatte draußen eine geraucht und war auf dem Weg ins Zimmer. Am nächsten Morgen bat er mich, darüber zu schweigen. Und als ich ihm erzählte, dass ich Angst hatte, den Gig nicht durchzustehen, gab er mir später das Tütchen mit Amphetamin und erklärte mir, wieviel ich maximal nehmen darf. Nur so für alle Fälle.«

»Also Schweigegeld. Vermutlich hat er dich missverstanden und sich in gewisser Weise erpresst gefühlt. Was du gesehen hast, geht uns nichts an. Ich will wissen: Hast du das Zeug genommen?«

»Nur einmal. Und ganz wenig.«

»Sicher?«

»Mir ging so die Pumpe danach! Ich habe die ganze Nacht wachgelegen und dir beim Schlafen zugehört.«

Socks konnte ein Kichern nicht unterdrücken, und auch James griente.

»Schnarche ich, oder was gibt's da zu lachen?« Sean musste selbst grinsen.

»Ein bisschen. Und einmal hast du geschmatzt.« Dylan lächelte entwaffnend.

Socks erklärte mit Expertenmiene: »Ganz klar: Er hat von Maggies Eintöpfen geträumt!«

Wir alle außer Darrel kicherten, und Socks sagte zu ihm: »Jetzt lach doch mal! Eigentlich ist doch gar nichts Schlimmes passiert! Wie schnell Lou packen und abhauen kann, hat sie dir bereits bewiesen. Sie sitzt aber hier, und ihr schicker Koffer steht weiterhin auf dem Dachboden. Wenn mich an deiner Stelle was total fertigmachen würde, dann wäre das der Gedanke, sie nie mehr loszuwerden. Schlimm!« Er schüttelte sich und zwinkerte mir zu.

Darrel blickte zu mir. »Du verlässt mich nicht?«

»Nein.«

Endlich ergriff er meine Hand.

»Siehst du! Alles bestens!«, rief Socks. »Nicht jeder ist so bescheuert drauf wie deine Angehörigen. Jetzt nimm das freche Balg auf den Schoß und lass dich zerquetschen. Darin hat Lou inzwischen Routine. Und damit du nicht allein als Trottel dasitzt, erzählt jetzt jeder der Reihe nach von seinen persönlichen Schiffbrüchen und Weltuntergängen. Das ist nur fair! Wer fängt an? Dylan?«

»Ich«, sagte Maggie zu unserer Überraschung. »Schwanger mit sechzehn, von den Eltern zur Abtreibung überreden lassen, und nun tut sich diesbezüglich nichts mehr. Deshalb gehe ich euch auf den Geist, statt eigene Kids in den Wahnsinn zu treiben.«

Sean legte ihr den Arm um die Schulter und erzählte: »Vater unbekannt, Mutter mit neuem Mann abgehauen und beim Baden verunglückt, bei den Großeltern aufgewachsen. Glückliche Kindheit, aber ausgeprägtes Helfersyndrom, fürchte ich. Und ich hasse es, allein zu sein.« Er blickte zu Dylan.

Der zählte auf: »Sohn aus sogenanntem gutem Hause, Vater für physische Gewalt zuständig, Mutter für Psychoterror, einen Sommer auf der Straße gelebt, für Geld Mozart auf Geige gespielt, überrascht festgestellt, dass jedes Jahr Winter ist, zum Glück Socks gekannt und von Sean mit Dach versorgt worden. Nur beruflich habe ich trotz gutem Schulabschluss nie wieder die Kurve gekriegt: Kassierer im Supermarkt.«

Socks war an der Reihe. »Ich war noch nicht achtzehn, als ich Sean vor etwa zehn Jahren in einem Hospiz kennenlernte. Meine Mutter und seine Großmutter hatten Krebs und starben zufällig am selben Tag. Er fragte mich, ob er irgendjemanden für mich anrufen soll. Ich antwortete obercool, dass mein Vater nicht ans Telefon kann, weil er sicher besoffen herumliegt, und ich ihm einen Zettel hinterlasse, wenn ich meine Sachen packe und für immer abhaue. Auf die Frage, wo ich einziehe, fand ich leider keine so coole Antwort, und er bot mir an, bei ihm unterzukommen, bis ich was gefunden habe. Mir hätte sonst was passieren können, wenn Sean nicht Sean gewesen wäre. Aber er war eben Sean, der sich auch um alle Formalitäten und die Beerdigungen kümmerte. Wir renovierten hier die oberste Wohnung, in der seine Großmutter und er gewohnt hatten, und bildeten bald danach eine WG mit Dylan. Den nannten wir damals noch James, bis James einzog und einfach mehr nach einem James aussah als Dylan.«

»Ich spielte in einer Band, deren Gitarrist mal mit Sean in einer Band gespielt hatte«, erzählte James. »Mir wurde von meinen wahnsinnig christlichen Eltern mein Auszug nahegelegt, weil ich schlicht und ergreifend schwul bin und mich nicht von einem durchgeknallten Idioten *heilen* lassen wollte. Sean bot mir an, oben bei den beiden einzuziehen. Er selbst wohnte da schon mit Maggie im ersten Stock. Mich hat er so beeindruckt, dass ich ebenfalls Sozialarbeiter werden wollte und studierte. Auf dem Heimweg von der Uni saß immer ein hübscher Kerl mit Tasche und Schlafsack auf einer Bank, sang Beatles-Lieder und spielte Gitarre. Ich hatte damals nicht viel und gab ihm nur kleine Münzen, aber jedes Mal strahlte er mich dann beim Singen an. Ich war hin und weg!«

James sah mich lächelnd an. Dann wurde er wieder ernst. »Eines Tages lag er einfach nur so herum und reagierte kaum, als ich ihn schüttelte. Ich rief

Sean an, der mir riet, sofort eine Ambulanz zu rufen. Blutvergiftung. Danach zog Darrel hier ein und hielt so toll still, wenn ich ihn zeichnete.«

Ich war eigentlich an der Reihe und zuckte regelrecht zusammen, als Darrel plötzlich ergänzte: »Mein Vater machte einen Riesenaufstand, weil ich wegen einer dämlichen Kuckucksuhr einen spontanen Trip nach Deutschland unternommen hatte. Meine Mutter strafte mich wochenlang mit eisigem Schweigen. Mein neun Jahre älterer Bruder war längst ausgezogen und hatte meinetwegen ohnehin immer nur Eifersucht empfunden. Ich fühlte mich einsam und verliebte mich in eine Frau, die neunzehn Jahre älter war als ich. Als meine Eltern herausfanden, dass ich die Sucht meiner Freundin und kurz darauf auch meine mit Geld finanzierte, das meine Großeltern einmal für mich angelegt hatten, flog ich raus. Sie hatten Angst, irgendwann von mir beklaut zu werden, und sagten mir das ganz offen. Einen Entzug trauten sie mir nicht zu, aber dafür alles Schlechte.«

Er atmete tief durch und fuhr fort: »Ich wohnte eine Weile bei meiner Freundin, aber dann kam ihr Mann aus dem Ausland zurück, und sie warf mich vorher schnell raus. Ich hing insgesamt etwa neun Wochen an der Nadel. Erst mit ihr dann mit anderen auf der Straße. Irgendwann wachte ich im Krankenhaus auf, und ein Arzt erklärte mir höflich, ein kalter Entzug sei seiner Meinung nach am effektivsten und nachhaltigsten. Ich war nicht fit genug, um abzuhauen. Als ich fit genug war, hätte ich ihm stattdessen am liebsten eine reingehauen.« Er grinste schief. »Was ich auf der Parkbank den Beatles antat, war ein Dreck gegen das Verbrechen, das Dylan heute noch regelmäßig im Suff an Mozart begeht.«

»Lang, hoch und breit lebe Mozart!«, rief Socks. »Aber er muss immer für alles herhalten, die arme Sau. Das kann mir mit meinen Songs nicht passieren. Es hat durchaus Vorteile, wenn man nichts kann!«

»Ich will kein Spielverderber sein, Dylan, aber eine Frage habe ich noch an dich: Hast du dir nie Gedanken darüber gemacht, dass du uns alle in Verdacht bringst, wenn du Drogen in Gemeinschaftsräumen versteckst?«, wollte Maggie unvermittelt wissen.

»Wie meinst du das?«, fragte er erstaunt.

»Nehmen wir mal an, die Polizei durchsucht das Haus und findet das Tütchen …«, begann Sean.

»Warum sollte sie das Haus durchsuchen?«, fragte James überrascht.

»Weil man unsere Musik als terroristischen Akt empfinden kann«, schlug Socks vor.

»Wohl eher, weil der Mief, der beim Lüften aus eurer Küche strömt, in der Nachbarschaft Chemiealarm auslöst!«, widersprach James.

»Und weil allgemein bekannt ist, dass man karierten Tweed nur unter dem Einfluss illegaler Tranquilizer ertragen kann«, ergänzte Darrel und küsste die Innenseite meines Handgelenks.

»Ist Lou illegal in England? Wusste ich nicht …« Socks grinste mich frech an.

»Ich habe es da unten versteckt, falls ich es doch mal für einen Gig brauche«, erklärte Dylan verschämt.

»Beim anderen Band-Equipment?«, fragte James verblüfft. »Nicht mal Lou bewahrt ihren Föhn dort auf!«

»Das braucht kein Mensch«, meinte Darrel. »Man bildet sich nur ein, dass man es braucht. Und irgendwann braucht man es täglich.«

Dylan grinste schief. »Ich wollte es hier jedenfalls nicht in Reichweite haben.«

»Das ist vernünftig!« James schlug zur Bekräftigung mit der Faust auf den Tisch. »Ich arbeite zwar nicht in der Drogenberatung, sondern im Jugendamt, aber gerade deshalb bin ich der Ansicht: In einem Haushalt mit einem Kleinkind lässt man keine Drogen herumliegen!«

»Pass auf, dass dir das Kleinkind nicht ans Schienbein tritt!«, drohte Socks. »Das machen Kleinkinder nämlich manchmal aus heiterem Himmel.«

»Oder ein blaues Auge verpasst!«, rief James gespielt ängstlich.

»Ich wüsste zu gern, warum ihr euch damals so brutal geschlägert habt.« Sean schien das ernst zu meinen.

»Zum hundertsten Mal: Ich habe Darrel nicht geschlagen! Sean, du hast offenbar ein Kommunikationsproblem, an dem wir arbeiten sollten!« Socks ahmte Seans Tonfall nach.

»Du hattest ein blaues Auge?«, fragte ich Darrel lachend.

»Ein Prachtexemplar. Sean nahm mich beiseite und erkundigte sich, was passiert war. Ich wusste es in dem Moment selbst nicht«, erzählte er und hielt unter dem Tisch noch immer ganz fest meine Hand. »Wir hatten am Abend getrunken, und ich erinnerte mich an nichts mehr. Sean dachte, dass ich Socks nur nicht verpetzen will, und beglückte mich mit einem Vortrag über den Unterschied zwischen Hilfe zur Aggressionsbewältigung und sinnloser Bestrafung. Und ich fragte mich die ganze Zeit, wann er aufhört. Mir brummte der Schädel! Aus zwei Gründen.«

»Kein Vergleich zu dem, was ich mir anhören musste.« Socks lachte. »Ich sollte mit Seans Hilfe lernen, mein Aggressionspotenzial zu erkennen und zu bekämpfen. Erst an der Stelle spürte ich plötzlich mein Aggressionspotenzial in voller Pracht und Schönheit und bekämpfte es umgehend, um weiter geduldig zuzuhören und meine Unschuld zu beteuern – statt auszurasten. Irgendwann wurde es mir zu blöd, und deshalb weiß Sean bis heute noch nicht, wie es dazu kam.«

»Aber ihr wisst es?«, bohrte dieser sofort nach.

»Ja! Wir konnten den Hergang rekonstruieren und wissen es! Ich erzähle es jetzt, damit ich endlich Frieden habe! Darrel schlief in meinem Zimmer, weil Max bei James übernachtete. Ich wachte auf, hatte mächtigen Durst und musste auch mal für kleine Songwriter. Ich schwang also die Beine aus dem Bett und vergaß, dass zwischen Bett und Schrank Darrels Matratze lag. Er maulte bloß ein bisschen herum im Halbschlaf. Unser Held war eben schon immer hart im Nehmen! Das Ergebnis fiel uns am nächsten Morgen auf. Ende der Geschichte. Vorhang. Applaus. Zufrieden?«

Sean lachte. »Wir haben aber wirklich ein Kommunikationsproblem! Das müsst ihr zugeben!«

»Das einzige, das ich zu diesem Thema kommunizieren kann, ist: Wer sich mir nachts auf dem Weg zum Pott in den Weg legt, bekommt eben mein volles unbewusstes Aggressionspotenzial zu spüren.«

»Wie hat dein Chef reagiert?«, fragte ich Darrel neugierig.

»Der schlug eine tolle Ausrede gegenüber Kunden vor: Angeblich machte ich ab sofort Judo und hatte Anfängerpech. Einer war aber echt frech und flüsterte mir zu: *Ich erkenne den Abdruck einer Faust, wenn ich ihn sehe.* Ich konnte ihm, ohne zu lügen, versichern, dass das keine Faust gewesen war.«

»Ich will kein Spielverderber sein, aber was machen wir damit?« Maggie zeigte auf das Tütchen.

»Ich spüle es die Toilette runter«, schlug Dylan vor.

»Da möchte ich aber zusehen!«, verkündete Maggie streng.

»Ich halte das für keine gute Idee«, schaltete sich Sean ein. »Giftstoffe gehören nicht ins Abwasser.«

»Stellt euch vor: Ihr kommt nachts gemütlich vom Pub nach Hause, und draußen hüpfen euch Ratten auf Speed um die Beine.« Socks schüttelte sich. »Aber das ist noch gar nichts im Vergleich zu ihrer Laune, wenn sie erst mal auf Entzug sind.«

»Warum gibst du es nicht einfach Andy zurück?«, schlug James vor. »Der findet bestimmt einen Abnehmer.«

Dylan sah ihn ernst an. »Wenn er das wirklich als Schweigegeld sieht, meint er womöglich, dass ich mich doch verplappert und deshalb ein schlechtes Gewissen habe. Das würde mir aber nie passieren.«

James erwiderte den Blick. »Okay.«

»Ihr könntet es in einen Briefumschlag stecken und an die nächste Polizeidienststelle schicken«, schlug ich vor. »Die müssen so was doch sicher öfter vernichten lassen und kennen sich damit aus.«

»Genial!« Socks lachte. »Und Maggie legt einen Zettel dazu: Sehr geehrte Damen und Herren, ich will kein Spielverderber sein, aber bitte entsorgen Sie das beiliegende Fundstück ordnungsgemäß. Es handelt sich hierbei nicht um einen Bestechungsversuch.«

»Damit keine Kommunikationsprobleme entstehen!«, ergänzte Darrel.

In der Nacht, als Darrel und ich das Licht gelöscht hatten, erzählte ich ihm ein wenig von meiner unglücklichen Kindheit und von der unglücklichen Liebe, die mich ursprünglich nach London geführt hatte. Das war nur fair.

Über die Autorin:
Louise Millicent Moran hat in ihrem Leben definitiv zu viele Liebeskomödien und Sitcoms gesehen, um ernsthafte Liebesromane schreiben zu können.

Über das Buch:
In diesem Roman ließ ich persönliche Erfahrungen einfließen. Dennoch sind die Personen und die Handlung frei erfunden. Etwaige Ähnlichkeiten mit tatsächlichen Begebenheiten oder lebenden oder verstorbenen Personen wären rein zufällig.

Über das Coverfoto:
Die Tower Bridge wird kostenlos für jedes Schiff geöffnet, das die erlaubte Höhe überschreitet. So auch für ein Segelschiff, bei dem man zur Not den Mast wegklappen könnte. Wenn es aber doch nichts kostet, den Verkehr stoppen zu lassen …

Danksagung:
Ich bedanke mich ganz herzlich bei allen Menschen, die nie ihren Humor verlieren, freundlich und hilfsbereit sind, ohne eine Gegenleistung zu erwarten, und mich zu diesem Buch inspiriert haben. Ich liebe euch!